# ARNALDO DEVIANNA

São Paulo, 2018
www.abajourbooks.com.br

# A MINHA TURMA É FOGO

Copyright© Abajour Books 2018. Versão editada e revisada em 2020.
Todos os direitos para a língua portuguesa reservados pela editora.
A Abajour Books é um selo da DVS Editora Ltda.

Nenhuma parte dessa publicação poderá ser reproduzida, guardada pelo sistema "retrieval" ou transmitida de qualquer modo ou por qualquer outro meio, seja este eletrônico, mecânico, de fotocópia, de gravação, ou outros, sem prévia autorização, por escrito, da editora.

*Capa:* Danielle Felicetti Muquy

```
Dados Internacionais de Catalogação na Publicação (CIP)
       (Câmara Brasileira do Livro, SP, Brasil)

   Devianna, Arnaldo
      A minha turma é fogo / Arnaldo Devianna. --
   São Paulo : Abajour Books, 2018.

      ISBN 978-85-69250-20-3

      1. Ficção - Literatura juvenil I. Título.

18-14353                                    CDD-028.5
```

Índices para catálogo sistemático:

1. Ficção : Literatura juvenil     028.5

# Dedico o livro

Aos eternos amigos da inesquecível 8ª série do Colégio Industrial, turma de 1986, que de alguma forma, menos ou mais, inspiraram essa história louca, quente e malcheirosa: Renata, Flávia, Eduardo, Luciana, Caramelo, Márcio, Márcia, Alessandro, Ione, Chiquinho, Clésio, Cegonha, Marcão, Carlos Tiago, Warley, Heback, Romeraldo, Helen, Liliane Tostes, Cristiane, Kely, Carla Vilanova, Renata, Larrúbia, Dario, Luiz Cláudio, João Pinho, Daniel Padilha, Ângelo, Andrea, Débora Falcão, Alba, Cláudia, Patrícia, Daniel, Babil, Renata Dionísio, Ivana Vitorino, Adriano, Alexandre, Cláudia, Du, Anderson... Ainda, as temidas: Dona Marilene, a diretora mais brava desse mundo; Dona Dalva, a professora general de matemática.

# Agradecimentos

À (o)

Giulianna Castorino – Por me pescar na gigantesca pilha...

James McSill, meu consultor, mentor e agente literário. O que seria de mim sem ele...

McSill Literary Agency - UK.

Editor Sergio Mirshawka por acreditar na trilogia *A Minha Turma é...*

Santuário do Caraça (Minas Gerais) por inspirar o argumento.

Leitores Betas:
Maria Carolina - Belo Horizonte/MG.
Débora e Dayane Hegermann, Luiza Rajão – Sete Lagoas/MG.
Edilma, Marcelo e Ana Cláudia Aguiar Barcelos – Pitangui/MG.
Josimara Helena, minha esposa, inspiração da personagem Bete.

"Ainda que falasse a língua dos anjos, sem amor, nada seria..."

# Sumário

Agradecimentos ................................................................. V
O mais horrível dos dias ..................................................... 1
Além do céu cinzento ......................................................... 3
A caixa misteriosa ............................................................ 6
A esperança .................................................................. 7
A masmorra ................................................................... 9
Adulto, eu? .................................................................. 11
Viver é fogo ................................................................. 13
Será? ........................................................................ 15
O carrossel de borboletas .................................................... 18
Carrie, a estranha ........................................................... 20
Foi sem querer ............................................................... 23
O elefante do Caloi .......................................................... 25
Cadê a Isidora? .............................................................. 28
Muito além do céu cinzento ................................................... 30
Promete pela vida da sua mãe? ................................................ 35
A bola especial .............................................................. 37
Você confia em mim ........................................................... 39
Mais um minuto e ............................................................. 41
Meninas feias são malucas .................................................... 43
Peguei você, moleque! ........................................................ 45

Rapazinho .................................................................................................. 47
Demorô ..................................................................................................... 49
Agora é guerra ......................................................................................... 51
Cadê o ônibus? ........................................................................................ 57
Eu nem sou bonita ................................................................................... 63
Mães têm solução para tudo .................................................................. 65
Copiado ................................................................................................... 67
Brinca, não! ............................................................................................. 68
A bruxa e o caldeirão .............................................................................. 70
Não desistirei ........................................................................................... 71
O tempo não para .................................................................................. 74
O crime eleitoral ...................................................................................... 75
Cor de anil ............................................................................................... 77
Jesus, Maria, José ................................................................................... 79
Hein? ....................................................................................................... 80
Reaja ....................................................................................................... 81
Se ela estiver aí dentro? ......................................................................... 85
Juntos, podemos mais! ........................................................................... 86
A ameba gigante ..................................................................................... 88
Um dia, a casa cai .................................................................................. 91
Desculpas ................................................................................................ 93
Ficou maluca? ......................................................................................... 96
Somos amigos ......................................................................................... 99
Notas Finais ............................................................................................ 101

# O MAIS HORRÍVEL DOS DIAS

— Dá um tempo, galera! Quero prestar atenção. A aula tá legal pra caramba. — Léo abriu os braços, de nada adiantou. A confusão de vozes crescia na classe a cada segundo. — Ei! Que tá havendo? — Cheirou o ar, girou a cabeça de um lado para o outro, tornou a cheirar.

— Porcaria de escola fedorenta. Pelo menos o meu cabelo liso é perfumado. — Clarice sorriu para as colegas *barbies*.

Não restava dúvida, aquela turma de meninas bonitas curtia esnobar as demais. A cada dia, um *jeans* diferente, um novo bordado no tênis...

— Alguém soltou um traque. Isso sim! — Dudu Peso Pena, acompanhado de alguns alunos, tapou o nariz ao virar na direção de Joãozinho Caga Osso.

— Deixa de *show*! Esse pum esquisito não é meu! — Joãozinho se defendeu.

Léo balançou ao ouvir os gritos do monitor Tião, que chocalhava o inconfundível sininho escuro sempre usado para colocar ordem na escola. Tanto barulho, devia ser o fim do mundo.

— Fogo! Fogo! — A voz esganada do velho invadiu a sala; seus passos trituravam o piso do corredor.

Daí, a aula cantada de História perdeu o ritmo.

Os alunos inquietos nas carteiras.

— Epa! Epa! — Léo olhou através da fileira de janelas do outro lado da sala. Sebastião ia além da cantina, rumo à Diretoria. Estranho. O velhote nunca corria ou gritava tão alto...

Antes de acenar pedindo calma, o amalucado Professor Riobaldo arrumou os cabelos debaixo do boné. Em seguida, abriu a porta, sapateou e fugiu.

Léo tentava entender a algazarra vinda do pátio, enquanto os colegas disputavam uma guerra de bolinhas de papel. Sempre a mesma coisa, quando o professor saía, os cadernos viravam escudos, salve-se quem puder... Enquanto isso, lá fora, o céu assumia uma estranha névoa cinzenta. Piscou para acordar daquele pesadelo... Porém, o truque não funcionou. Os colegas agora se engalfinhavam para passar pelo marco da porta. Algo terrível acontecia e tinha cheiro de queimado. Mas, o quê? Para tentar entender a confusão, saiu também. Daí, exclamou antes prender a respiração:

— Caraca!

★

Do outro lado do pátio, a biblioteca cuspia fumaça.

Léo correu atrás da turma para ver o incêndio de perto. Alguns funcionários tentavam apagar as chamas utilizando pequenos extintores vermelhos. Contudo, o fogo esparramava...

Já a bibliotecária, Tia Catarina, ajudada por alunos maiores, lançava para o gramado alguns livros, enquanto gritava feito louca:

— Tragam água, rápido!

O reflexo do incêndio nos olhos dos colegas fez Léo morder o punho. O certo seria correr da encrenca. Mas, a curiosidade ainda vencia o medo.

Os bombeiros chegaram carregando os capacetes debaixo dos braços. Porém, em vez de fazer alguma coisa, discutiam entre si, enquanto o fogaréu estralava e crescia. Vai entender os adultos?

— Bando de lesmas! — Léo roía as unhas. — Desse jeito, vai queimar o quarteirão inteiro. — Ele tinha quase certeza.

Joãozinho Caga Osso deu um soco na própria mão.

— Taí! Quando crescer, quero ser bombeiro.

— Fogueteiro é mais a sua cara! — Pedro Risadinha provocou.

— Pois eu, prefiro ser paramédica. — Priscila, a líder das *barbies*, alisava os cabelos vermelhos. Depois fez pose de chata.

— Puxa! Nessa turma ninguém leva nada a sério. — Léo sabia que não só ele, mas todos os demais garotos babavam pela deusa ruiva. Daí, após um lampejo da memória, procurou pela colega Isidora, para uns, a menina mais feia da sala. — Será que ela entregou o troço do Diretor para a bibliotecária? — Olhou em volta de novo. Aquela dúvida gelou sua barriga.

De repente, do meio das chamas, uma explosão disparou uma enorme bola de fogo pelos ares.

— Foge! Vaza! — Gritou, enquanto corria no meio do tumulto para buscar abrigo no prédio da escola. Encontrar a Isidora ficaria para depois; agora, o medo dava uma bela surra na curiosidade.

Quando parou para respirar, enxergou a bonita repórter da TV local ao seu lado. Pronto, o incêndio seria notícia em toda a cidade antes que entendesse a confusão. *Game over* para a aula musical do porquê estudar História. Agora, já vivia a história mais perigosa de sua vida. Bom, se ficasse só nisso...

O fogo rugiu.

# ALÉM DO CÉU CINZENTO

— Ok, pai. Espero você na portaria. Tchau! — Enquanto acomodava o celular no bolso, Léo abriu a porta da classe para buscar a mochila, encontrou tudo bagunçado. O estojo de lápis sem a tampa, cadernos esparramados pelo piso... A sala fora varrida por um furacão?

Do outro lado, uma colega esmurrava a carteira.

— Noeme, sumiu alguma coisa aí também?

— Dá pra acreditar nessa droga? Levaram meu apontador rosa. Logo ele que a minha tia trouxe de *Miami*. Quero morrer! — A bela *barbie* apertou os olhos úmidos.

— Hoje tá sinistro! — Além de perder a caneta preferida, aguentar gritos de menina mimada por causa do sumiço de uma porcaria de apontador cor-de-rosa... Ninguém merece. É osso!

Saiu a chutar o vento.

No pátio, para descarregar a raiva, resolveu treinar um novo jeito de andar, chamado *varrer o piso*. Em vez de passadas, arrastava os pés pelo chão. O passinho era uma das marcas da sua recém-criada *Turma dos Descolados*, da qual era por enquanto o único membro. Havia outras exigências para quem quisesse fazer parte, tipo: cortar o cabelo do mesmo jeito, balançar os ombros, etcétera e tal... Tudo aprovado na primeira semana de aula. Na classe, as turmas existentes estavam o tempo todo em pé de guerra. Queria apenas plantar a paz. Porém, como ter sossego numa escola onde as coisas sumiam, a biblioteca pegava fogo? Pô, difícil pra caramba, não é?

Após buscar Sofia — Sua *bike* de alumínio — no beco sem saída entre os prédios, Léo partiu. No calçadão da rua, encontrou justo a Isidora, a menina mais chorona do mundo.

— Ei! Olá! — Não houve resposta.

A classe evitava a garota, pois chorava todos os dias. Logo, foi a primeira a parar na Diretoria. Já teve vontade de saber o motivo de tanta tristeza. Uma vez, deu três passos na direção dela para perguntar, contudo, desistiu no meio do caminho... Agora, algo naquele rosto de "menina perdida na rodoviária" o incomodava. Coçou a cabeça, pensou:

"Puxa! Ela não tem a menor graça. O calor do fogo deixa a gente meio louco."

— Oi! — Insistiu.

A menina parecia surda. Quem sabe levou um tombo no Deus nos acuda provocado pelo estouro? Deitou a bicicleta. Chegou perto. Na pele dela, não avistou nenhum arranhão ou queimadura. Recuou meio passo.

—Você tá machucada?

— Não! — A língua gosmenta enfim soltou a voz devagar.

Depois de ver algumas moedas de pouco valor no colo da garota, Léo apontou:

— E esse dinheiro aí?

— Uma senhorinha jogou de esmola. Devo estar horrível. Uma perfeita mendiga. Inhaca! Não devia ter saído de casa hoje. Esse tempo frio, cinzento, puro mau agouro...

— Foi a explosão?

— Foi nada não! Me esquece!

Léo coçou entre os olhos: quando uma menina diz "foi nada não", na verdade, pode ter acontecido uma porção de coisas terríveis. Insistiu:

— Como nada? Isidora, o seu rosto tá vermelho. Vou chamar o Professor Riobaldo...

Enquanto já imaginava o famoso professor de História sangue bom aparecer cheio de atitude, o grito de Isidora podou seu pensamento.

— Espere. Ele não!

—Tá de boa! Pedir ajuda para um professor biruta metido a MC de *hip-hop* não foi nada genial. Além disso, o carinha deu no pé na hora do fogo. Posso ligar para sua mãe?

—Tá louco? Piorou! — Isidora arregalou os olhos.

— Mães têm solução para tudo!

— Fala sério! Tá de gozação? Preciso de ajuda, Léo. A minha só me daria bronca.

—Você perdeu a grana, foi isso?

— Grana? *Que grana?*

— Na sacola que lhe dei de manhã, além do litro de álcool, havia um embrulho de papel roxo; dentro, o dinheiro para o pagamento dos livros novos.

— Papel roxo? Livros novos? Hã?

— Isidora! Quando cheguei, o Diretor Peçanha me pediu para entregar à Tia Catarina uma sacola, onde, *além de frascos de álcool, ia o tal embrulho roxo*. Aceitei fazer o favor. A zebra aconteceu no meio do caminho. O Caloi falou de uns carinhas mexendo na Sofia, lá no beco. Fiquei apavoradão. Como não podia confiar ao Caloi a grana, muito menos perder minha *bike top*, pedi a você o favor. Lembrou-se agora?

A menina deu um tapa na testa.

— Foi mal, viu! Deixei a sacola em cima da mesa da bibliotecária. Para mim, havia só material de limpeza. Também, você não explicou. Ou não prestei atenção...

— Putz! Deus do Céu! A grana do Peçanha virou cinza... Ferrou! — Léo olhou para a coluna de fumaça do incêndio.

— Ou alguém pode ter pegado antes. — A menina fechou os punhos. — Agora estou perdida mesmo. Não posso enfrentar tudo isso sozinha. — Entrelaçou os dedos. — Você promete guardar um segredo eterno?

— Tipo, para o resto da vida?

— Promete ou não?

Será que ela matou alguém? Ou levou a grana do Diretor? Caramba! No fim, balançou a cabeça para sinalizar a concordância.

Trêmula, ela apertou o braço dele.

— Léo, eu coloquei fogo na biblioteca!

# A CAIXA MISTERIOSA

De olhos fechados, o Diretor Geraldo Peçanha imaginava viver um pesadelo. Quando os abriu, sobraram as dúvidas:

"Como educar uma criança numa escola sem livros? O incêndio foi criminoso ou um acidente?"

A cabeça doía diante da cena do fogo a consumir os destroços. Parte de sua coleção de gibis, iniciada nos tempos de criança, prontinha para uma exposição na biblioteca, também havia se queimado. Assim, um dos seus sonhos, o de criar uma geração de leitores, virara fumaça. Não era justo.

A bibliotecária, Tia Catarina, transformou a casa simples num lugar mágico, com paredes multicoloridas repletas de frases de incentivo à leitura. Sempre risonha, indicava obras incríveis. Funcionária exemplar. Prova disso foi a bravura dela ao salvar do inferno uma pequena parte do acervo. Nem ela, nem ele, mereciam aquilo...

Agora, a reconstrução dependeria de um demorado processo junto à Prefeitura. Imagine, a reposição das prateleiras... Levaria anos.

Se não bastasse, os canteiros de jardim, construído nas férias, não permitiram a aproximação da viatura do corpo de bombeiros. Ou seja, embelezou a escola sem cuidar da segurança. Devia ter contratado um arquiteto. Pelo menos, nenhum ferido... Soltou um jato de vapor pela boca.

Para piorar, extintores vencidos, falta de hidrantes, empregados despreparados. Talvez, na manhã seguinte, nem estivesse no cargo.

Nesse ponto, ressentiu, pois o Comandante dos Bombeiros caminhava ao seu encontro. Debaixo de um dos braços havia um pacote:

"Levaria uma bronca? Ou trazia uma notícia boa!" – Pensou.

– O senhor é o Diretor?

Apenas balançou a cabeça, afirmativo.

– Bom! A causa do incêndio está aqui dentro. – O militar lhe entregou o pacote.

Tratava-se de uma simples caixa de papelão marrom, insuspeita demais. Abriu a tampa devagar. A visão de um amontoado de lata retorcida e dos restos de um caderno chamuscado não lhe significou nada de imediato...

# A ESPERANÇA

"Pai, chega logo e me tira dessa enrascada!"

Para Léo, a explosão foi causada pelos frascos de álcool sobre a mesa da bibliotecária. Já o fogo, a partir de alguma tomada elétrica. Isso sim, fazia algum sentido, menos a história maluca da Isidora. Seria ela tão desastrada? A lembrança do dinheiro perdido lhe causava calafrios. Nem as economias do cofrinho o salvaria...

– Você tá de brincadeira sobre o fogo, não tá?

– Não tô, não!

– Sério? Não tá me zoando? Jura? Por sua mãe mortinha atrás da porta?

– Pensa! A troco de que eu colocaria a culpa em mim mesma de mentirinha?

– É! Tem razão! – Léo espiou o relógio.

Isidora apertou os lábios.

Léo coçou a cabeça antes de arriscar a próxima pergunta:

– Ficou maluca?

– Ai! Você não... – Ela levou as mãos à boca.

– Logo a biblioteca? O lugar mais legal da escola!

– Fui burra de montão, eu sei.

– Tá difícil de entender.

– Fiquei apavoradona...

Léo correu as mãos pelo rosto.

– Ai! Explica isso melhor.

Sem levantar os olhos, Isidora falou:

– Eu... Eu cheguei à biblioteca, deixei a tal sacola...

– Do Peçanha?

– Isso! Deixei-a sobre a mesa da Tia Catarina. Sabe a maquininha de derreter a resina vermelha que a gente usa para consertar os livros?

– Sei! Tem uma igualzinha na sala de Artes.

— Pois é! Liguei o troço para unir as folhas do meu bloco de anotações. Não podia perder ponto no primeiro trabalho de Educação Artística. Quando finalmente consegui colar o bloquinho, aconteceu!

— Aconteceu o quê?

— Tocou a sirene do início das aulas. Saí louca, esqueci a porcaria da máquina ligada...

— Xiii! Ela esquentou até pegar fogo. — Léo apertou o queixo.

— Foi um acidente! Pode acreditar. — Os olhos azuis da desastrada brilhavam.

Pela primeira vez, ainda duvidando de si, Léo enxergava alguma beleza na colega. Daí, a figurinha sem graça que ninguém queria disputar no jogo de papão ganhava um colorido bonito. Quando ela balançou os cabelos cor de mel, borboletas bateram asas dentro de seu estômago. Para ver de novo aquele brilho no olhar dela, murmurou:

— Há uma esperança!

— Então fala de uma vez.

Descansou as mãos sobre a cabeça, respirou fundo antes de descarregar a pergunta:

— Havia mais alguém na biblioteca?

# A MASMORRA

Ao testemunhar a menina morder o lábio, Léo revirou os olhos. Impossível fazer algo escondido naquela escola! A dúvida só piorava as coisas. A situação lhe trouxe lembranças do passado. Mudou-se para aquele bairro depois de a família ter sido expulsa do condomínio. Os demais moradores o acusaram de provocar um curto circuito. O prédio inteiro ficou sem energia, metade dos eletrodomésticos queimou. Foi osso. Na ocasião, ninguém o ajudou.

Isidora retirou um lenço do bolso de sua surrada mochila para enxugar o nariz.

Léo ficou de pé, olhou em volta em busca do pai. Nem sinal. Levou as mãos à nuca. Precisava descansar. Em seguida, disse:

– É um baita problema. Pensarei em algo.

Ela se levantou, ergueu os ombros. Daí, as palavras saíram aos poucos.

– Tem outra coisa...

O tom daquela frase fez Léo travar todos os músculos do corpo.

– Tem mais?

– Na correria, esqueci um de meus cadernos...

– Ah! Já foi...Virou fumaça!

– Léo! – Ela arregalou os olhos. – Vai que a porcaria do caderno não pegou fogo e alguém o encontrou? Pronto! Tô fulminada. Não vou aguentar um interrogatório.

– Interrogatório?

– Sim! O Peçanha é muito mau. Quem não diz a verdade, ele joga numa masmorra.

– Masmorra? Aquele lugar úmido e escuro? Igual nos filmes?

– Isso mesmo! O meu pai estudou nessa inhaca de escola quando criança. Ela fica bem debaixo da Diretoria. Só o Peçanha tem a chave. O lugar já foi usado pela polícia para torturar os alunos... Isso foi há muitos e muitos anos. Nela, há chicotes, algemas, camas de pregos, aranhas...

– Homem aranha! Lembrei-me de algo pior!

— Para! Desse jeito você me assusta. Eu coloquei fogo na biblioteca e talvez no dinheiro do Diretor... O que pode ser pior?

— O Peçanha iria mostrar sua coleção de gibis na biblioteca.

— Ai!

— Se as revistinhas viraram fumaça também?

Isidora escondeu parte do rosto na concha das mãos. Lágrimas pingavam do queixo...

Léo teve vontade de dar uns cascudos na desastrada, contudo, sentiu pena. Muito doído sofrer sem culpa... Foi um bruto azar confiar a ela a grana do Diretor. E se cretina estivesse mentindo? Ou... Roubou o dinheiro?

# ADULTO, EU?

Apesar da vontade de ir embora, Léo queria entender aquela história louca. Imagina queimar a biblioteca junto com a coleção de gibis do Peçanha...

— Uma vez expulsa, jamais conseguirei vaga em outra escola pública. A minha família conta as pratinhas para pagar o tratamento da doença do papai, ficarei sem estudar. Serei a menina mais burra do planeta! Para sofrer tanto, a gente nem devia nascer...

Léo acendeu o alerta: a Isidora pegou o dinheiro dos livros para ajudar o pai doente. O incêndio foi de propósito para apagar as pistas. Será? As peças combinavam... Isidora teria coragem de roubar? A resposta valia pelo menos umas dez figurinhas difíceis.

— Perderei o ano! — Ela gritou. — Você me ajuda?

Léo deu um suspiro.

— Por favor! — Agora, ela parecia uma gata sem dono.

— Tenho apenas 11 anos!

Isidora olhou nos olhos dele. O rosto tremia:

— Aquilo de se levantar quando chega alguém na classe? De abrir a porta para a professora? Você é tão educado. Tão adulto, tão bo...

— Adulto, eu?

Apertou os lábios com a lembrança do primeiro dia de aula. Bastou levantar quando a Professora Silvia chegou para os colegas fazerem caras de bolinhos de chuva. A novidade correu de boca em boca, virou um estardalhaço. No fim, o Peçanha transformou a gentileza em uma obrigação para todos. A vida é engraçada. O caso rendeu mais problemas que elogios. O último, de olhos azuis, bem a sua frente, suplicava ajuda. Levantou as sobrancelhas.

Ela insistiu:

— Me ajuda, vai! O que custa?

*

Léo nunca foi bom para resolver os próprios problemas, imagina os dos outros. Por causa do curto circuito, em que era inocente, a família foi expulsa do condomínio sem a cobrança pelos utensílios estragados. Já na ocasião do atropelamento da prima Dani por um carro azul, apesar da culpa, ninguém lhe apontou o dedo. Pensou:

"Isidora ficará melhor sem minha ajuda, ponto. Tô fora!"

Porém, ela corria o risco de expulsão... O sumiço do dinheiro dos livros também o colocava ao lado dela, no mesmo beco sem saída. O mundo era injusto. A vida, injusta também. Baita azar. A qualquer momento, poderia ser preso na sinistra masmorra por roubo. Quanto mais pensava, mais a barriga doía.

Isidora juntou as mãozinhas:

— Léo, por amor de Deus!

— Que tal abrir o jogo para Tia Catarina?

— Esqueceu de como aquela mulher cuidava da biblioteca? Sem pensar duas vezes, ela me entregaria para o Diretor. Não!

— Mas... Mas...

— *Hello!* Presta atenção! Fora você, não confio em mais ninguém. Na classe, fui jogada para escanteio. Se não fizermos alguma coisa, em breve serei chutada dessa porcaria de escola.

— A gente podia explicar a coisa do acidente para o Peçanha?

— Sem provas? Tá louco! — Arregalou os olhos. — Ele iria me expulsar. Isso sim. Aí, não poderei realizar o sonho de ser médica. Sabe? Queria ajudar as pessoas doentes sem dinheiro...

— Putz! — Ao ver o pai estacionar nas proximidades, Léo balançou os braços, virou para Isidora. — Quer uma carona?

— O Diretor me dá medo! Tem a masmorra... O interrogatório... Podia fugir do país? — Ela disse, enquanto Léo abria a porta traseira da perua.

— Sei não, viu. A Alba me mostrou no mapa de onde ela veio. A fronteira da Bolívia é muito longe.

Uma garoa começou a cair.

— Puxa! Me salva. Eu ajudo você a encontrar ou conseguir o dinheiro do Peçanha.

# VIVER É FOGO

"Eu ajudo você a encontrar ou conseguir o dinheiro do Peçanha." Caraca! Léo custou a colocar Sofia no bagageiro da perua. Seu cérebro covarde desejava uma cama macia em vez de salvar uma destrambelhada. De certa forma, ela tinha razão. Se não a ajudasse naquela história maluca do incêndio, jamais saberia o destino do embrulho roxo. Será que a grana queimou? Tô ferrado."

— Pai, Isidora!
— Isidora, Seu Arthur, meu paizão!
— Olá! Tudo bem? — Ela sentou no banco traseiro.

Depois de esclarecer onde a colega morava, assistiu à festa costumeira do velho a sussurrar-lhe:

"Isso aí, filhão! Pegando umas gatinhas, hein?"

Se soubesse que a menina causara toda aquela bagunça... Ai, ai...

Sorriu sem graça. Enquanto isso, lamentações vinham presas à garganta: cabeça a minha, confiar dinheiro a uma quase desconhecida. Antes tivesse enfiado uma enorme rolha de garrafão na minha boca grande.

Agora, ou a ajudava, ou... Meleca!

Após enrugar a testa, decerto, por achar o comportamento dos passageiros esquisito, Seu Arthur deu a partida no carro. Em seguida, fez perguntas sobre o incêndio. Sugeriu algumas causas possíveis. No fim, soltou o comentário:

— Quando criança, coloquei fogo em casa! — Riu. — Foi até divertido. Talvez algum aluno maluco fez a mesma coisa? Hein?

Sem pensar, virou para Isidora.

Encolhida no canto, a menina abraçava a mochila. Os olhos tremiam...

Ele travou os dentes, retomou a posição normal no assento. No retrovisor, ao longe, a assustadora coluna de fumaça escura subia acima das nuvens.

O pai completou, entre risos:

— A sua avó perdeu a cor. Quase a matei de susto.

Léo tentava enxugar as mãos oleosas na calça *jeans*. Ajudá-la? Se a tragédia da prima Dani acontecesse de novo? Talvez fosse melhor dizer: "Peçanha, sinto muito, mas o seu dinheiro virou fumaça." No fim, cochichou para si:

– Ai, não vai colar!
– Disse algo, filho?
– Nada! Bobeira minha, pai.

Voltou a pensar, desta vez, no tão sonhado sexto ano. Podia usar caneta, *jeans*, tênis... As aulas tinham vários horários. O professor maluco de história usava boné, cantava na aula, imitava até o *Michael Jackson*. Estudar agora era o máximo. Para estragar tudo, o incêndio, o roubo de sua caneta preferida, o sumiço do dinheiro dos livros... Ele e a Isidora, juntos, na encrenca das encrencas. A ideia da carona não foi boa... Droga! Por fim, chutou o painel do carro.

– Tudo bem mesmo, filhão?
– Tá beleza! – Soltou um jato de ar pela boca.
– Garotinha, tudo certo?

As palavras da resposta saíram arrastadas:
– Mais para menos!

O riso de Léo, pelo jeito, foi mal recebido pelo pai.
– O que vocês estão escondendo?
– Nada!
– Leonardo! Fiz várias perguntas, recebi respostas vagas. A escola pegou fogo e vocês dois no mundo da lua...
– Pai, a casa dela é na próxima esquina. – Reforçou a indicação de Isidora, enquanto o intestino doía. Precisava ir ao banheiro.

Seu Arthur parou o carro quase no meio da rua, virou para os passageiros:
– Aconteceu alguma coisa, sim. Desembuchem!

Léo agarrou o assento.

Isidora desceu chorando. Depois de olhar na direção da faixa de anúncio de venda da sua casa, aproximou da janela e disse para o motorista, em meio às lágrimas:
– Viver é fogo! Viver é uma inhaca, sabe, tio? – Saiu apressada...

Seu Arthur cruzou os braços, baixou a cabeça. Sempre agia assim quando furioso.

Léo não sorriu, apenas mostrou uma fileira de dentes. Gotas de suor escorriam pelo rosto. Abrir o jogo só pioraria a irritação. Pior, tinha prometido guardar segredo eterno. Decidiu: "Não vou contar nada".

O pai o encarava.

Buzinas de motoristas, a reclamar passagem, serviram para quebrar o clima.

Léo fechou os olhos...

# SERÁ?

Na cinzenta manhã seguinte, sexta-feira.

Quando soube, através do pai, da suspensão das aulas, Léo resolveu dar uma volta de bicicleta para distrair a cabeça. Ao passar em frente à casa da avó Luíza, pensou: "Ela é mãe duas vezes, então, deve ter soluções em dobro também!"

Entrou... Nem pensou muito, mas, esquecera de um detalhe: ninguém mentia para ela... De início, falaram sobre o incêndio. Em pouco tempo, a avó sentiu o cheiro de confusão. Ela era muito melhor do que seu Arthur para arrancar segredos de crianças encrencadas...

(...)

– Promete não contar para ninguém? – Lembrou do jogo de papão. Nele, quem desiste, perde a figurinha. A Isidora já era valiosa demais para arriscar.

(...)

– É isso! – Léo prendeu a respiração, à espera de uma bronca. Em vez disso:

– Oh, meu querido! – Dona Luísa puxou o neto para seu colo. – Deus só coloca em nossos ombros a carga que podemos carregar. Se essa menina lhe confiou tamanho segredo, talvez possa ajudá-la sim, de alguma forma, talvez com uma palavra amiga ou uma boa ideia... Sem desafios, conflitos, obstáculos, a vida perde a graça. Qual o problema? O que o impede de estender a mão?

– Nunca tenho boas ideias! Dá tudo errado, sempre.

– Entendi! Escuta aqui, você não teve culpa no acidente da Daniela. Em breve, ela voltará a andar.

– Não foi bem assim. – Léo mordeu o lábio.

– Não?

– Teve mais coisa!

– Mais o quê?

– Promete não contar para ninguém? – Léo enfiou as mãos entre as pernas. Entregar dois segredos numa mesma manhã... Aquilo não podia ser bom...

– Claro.

— Naquela tarde, ela me pediu para andar escondido de bicicleta. Topei. Fomos para a praça aqui perto. Contudo, a exibida só queria que eu segurasse a garupa da *bike*. Então, por impulso, soltei as mãos...

— Léo!

— Ela conseguiu equilíbrio. Foi indo, indo, aos gritos... Eu, claro, chorando de rir. De repente, disparou desgovernada na direção da avenida. O resto todo mundo já sabe. Veio um carro azul...

— Nossa!

— Planejei um tombo bobo. Juro! Quis uma coisinha, aconteceu uma coisona. — Ele virou o rosto para o lado.

— Ah! Você não queria, a coisona foi um acidente.

— O som da freada do carro, a fumaça branca, o cheiro de borracha queimada, não me saem da cabeça.

— Esqueça! Você não teve culpa. — A avó tornou a abraçá-lo.

— Quanto à Isidora?

— Ela tem um problemão!

— Pois é! Ter um doente em casa não é fácil. Deve se lembrar da doença de seu avô Juvercino?

Léo concordou balançando a cabeça.

— As pessoas próximas sofrem tanto quanto o doente. De cabeça ruim, fazemos bobagens mesmo...

— Tipo colocar fogo sem querer na biblioteca, nos gibis do Diretor?

— Talvez lhe sirva de consolo, o seu pai já colocou fogo em casa uma vez.

— Fiquei sabendo. Entretanto, a senhora não tinha uma masmorra cheia de correntes no porão...

A avó fez boca de riso.

— Deus lhe mostrará o caminho.

— Como? — Torceu o nariz.

— Você sentirá no coração.

Léo baixou a cabeça.

— Vó, será que a Isidora pegou o dinheiro do Diretor?

— Duvido! Ela seria capaz de roubar e ainda colocar fogo na escola? Acredita mesmo nisso?

Coçou a cabeça.

— Bom, me fale sobre ela.

— Ora! Magra, parece um cabo de vassoura, olhos azuis, pele clara, cabelos castanhos. É até bonitinha quando não está chorando...

– Ah! Você está apaixonado!

Léo apertou um pé contra o outro. Seria possível? Logo por uma menina magricela, chorona, mentirosa? Coisa idiota... Levantou da cadeira para ir embora...

– Isidora e a Daniela não seriam parecidas?

Mordeu o punho. Caramba!

A avó deu um risinho.

– Humm! Entendi. Por isso, vive a dúvida de ajudá-la, pois tem medo de repetir a tragédia da Dani. Veja a oportunidade!

– Oportunidade?

– Alguém lá em cima está lhe dando uma nova chance de salvar a Daniela através da Isidora.

– Ficou doida? Foi?

– Garoto, as situações se repetem! Você não segurou a bicicleta da Dani, ela foi atropelada. Sem a sua ajuda, talvez a Isidora seja derrubada pelo Diretor. As duas são parecidas... Você também já foi injustiçado...

– Pois é! Aqueles folgados me acusaram de provocar a confusão no condomínio...

– Outro folgado aqui faz a mesma coisa ao desconfiar da amiguinha sem provas.

Léo recolheu-se entre os ombros.

– Enxerga agora? Ela será a cura de seus traumas. Você, o herói dela... Lindo!

– Herói? Eu? Tá doida?

Uma dorzinha chata pulsava dentro da sua cabeça. Isidora e Dani, parecidas? Cura? Vim buscar ajuda e a coisa piorou... E esse nevoeiro maluco! Esse frio! Fala sério! Droga de vida! Droga de tempo! Droga de azar!

Heróis não sentem medo. Ou sentem?

# O CARROSSEL DE BORBOLETAS

Segunda-feira, frio começo da manhã.

Léo ainda pensava nas palavras da avó Luísa, depois de um fim de semana sem nenhuma ideia para ajudar Isidora.

Na escola, os destroços da biblioteca gelaram seus pensamentos.

Seguiu sem rumo. Após ouvir pedaços de conversas dos colegas, lembrou-se da amiga chorona. Todos concordavam: alguém causou a porcaria do incêndio.

De repente:

— Então, Leonardo? — Isidora lhe cutucou as costas.

— Putz! Nada de ideia salvadora até agora. — Ele sussurrou de cabeça baixa.

— Tá dureza...

— Eu tô meio zonza também.

— Tenha calma!

— Ter calma? Pra todo mundo o incêndio foi criminoso. Alguém encontrou o meu caderno. Só pode ser isso. Daqui a pouco, o velho Tião me arrastará pelos corredores...

Léo apertou os lábios.

— Não dormi, não comi, não bebi. Só pensava nesse maldito incêndio e em você. Pois vai me ajudar, não é? — Ela arregalou os olhos no fim da pergunta.

Em seguida, a menina levantou o queixo de Léo; borboletas fizeram cócegas dentro do seu estômago. Puxa! Bastavam algumas melhorias, eis uma cópia da Daniela. Seria muito chato caso ela virasse uma bela mentirosa.

— Vou encontrar um jeito. Prometo.

— Ei, me desculpe por enfiar você nessa confusão. Eu merecia morrer atropelada na via expressa.

— Não! Nada disso! Ficou louca?

— Com um doente em casa, ninguém se preocupa comigo. Sempre sou criança de mais ou crescidinha de menos. Preciso ir, tchau! — Ela baixou os olhos e saiu.

— Espera!

Isidora gesticulou um coração, depois continuou seu caminho.

Agora, um carrossel de borboletas batia asas dentro da sua barriga. Ou ela fazia corações para um monte de garotos? Talvez só queira mesmo uma ajudinha, enquanto me faz de pateta... Igual a Daniela. Droga! Meninas! Quem precisa delas? Coçou a nuca.

Ser herói deve ser chato pra caramba...

# CARRIE, A ESTRANHA

Enquanto ainda tentava entender o gesto "carinhoso" da incendiária, uma mão grande descansou em seu ombro. Mãos gigantes nunca tocam o nosso ombro com boa intenção...

– Pior do que uma menina que não gosta da gente, é uma menina que ama a gente, brô!

Léo virou, encontrou um moleque gordo, o rosto cheio de espinhas, verdadeiros vulcões, cabelos amarelos, argolas nas orelhas. Além disso, fedia, babava... Dá para esperar algo bom de alguém assim?

– A menina deu mole, hein, brô? Fez até coraçãozinho. – As frases, um revólver apontado...

– Conheço você?

– Os manos me chamam de Tigrão. Sou grande por culpa da matemática. Cê acredita que tô parado na sétima há dois anos? Ninguém merece! Sempre fui ruim de conta. – O garoto balançou os braços. – Agora, diga, você está interessado nessa magrela medonha?

Respirava sem ritmo. As mãos oleosas deixavam a situação pior. Não podia deixar o idiota esparramar aquela mentira. Ou mesmo falar da Isidora daquela forma.

– Eu lhe devo explicação?

– Foi só curiosidade. – Risadas. O jeito do moleque sugava a paz de qualquer um.

– Qual é a sua? Sai fora! Vaza!

– Nananinanão! – O gorducho exibia passinhos imbecis de uma dança esquisita.

– Qual a bronca, afinal?

– Brô! Seguinte, manter a minha boca fechada sobre seu namorico *trash* vale bem seu álbum completo de figurinhas do brasileirão desse ano.

– O campeonato nem começou!

– Verdade! Então, o do ano passado.

— Qual a graça de um álbum velho?

— É mesmo, cara! Tem razão. Os jogadores até já vazaram para outros times... — O cretino coçou a cabeça. — Tá... Beleza! A sua calculadora científica resolve a questão.

— Cê tá me zoando? Calculadora?

— Deixa de *show*! Você tem uma, sim.

— Se eu não der?

Tigrão repetiu a dancinha estúpida, agora muito boa para desmoronar adversários pirralhos.

— Eu esparramarei para a escola inteira a coisa desse seu namoro. Vai lhe queimar o filme para o resto da vida. O pátio cheio de gatinhas, aí, o boa pinta abridor de portas para a professora, escolhe logo a menina mais molambenta da escola. Por falar nisso, lhe devo um soco, pois esse troço de levantar da carteira quando chega um adulto na classe tá osso. Por causa da plateia, deixaremos de boa por enquanto.

Suou frio ao imaginar os alunos rindo dele e da Isidora... Retrucou o que lhe veio à cabeça:

— Posso contar para o Diretor Peçanha!

— Eu não faria isso se fosse você.

Léo travou os dentes.

— Aliás! A sua namoradinha lembra muito com uma atriz de cinema... Carrie, a estranha! — Risos. — No filme, a menina mostrenga põe fogo no baile com a força da mente. — O moleque elevou o dedo em riste. — Cuidado, ela pode botar fogo em você também! Sacou?

O coração quase parou de bater. O gorduchinho escondia a figurinha mais difícil do álbum do incêndio da biblioteca? Aquela, onde Isidora aparecia colocando fogo nos livros?

— Está bem! Você venceu! — Entregou a calculadora. Pelo menos ficaria livre do mau cheiro do infeliz.

— Legal. — Tigrão virou as costas e saiu.

"Putz! Isidora podia não estar sozinha na biblioteca." — Léo chutou o vento.

O sinal do início do turno da manhã tocou. A grande novidade do dia foi a instalação de uma biblioteca provisória no porão, bem debaixo do bloco onde ficava a 6ªA. O assustador era ver as estantes quase vazias...

A escola sem livros. Ele, sem a calculadora, sem a caneta preferida, sem a resposta para quatro perguntas: Como ajudar Isidora, cópia da Dani? Podia confiar nela? O Tigrão sabia a verdade sobre quem começou o incêndio? Se o Diretor perguntasse pelo dinheiro do embrulho roxo?

– Uma encrenca daquele tamanho, aos 11 anos de idade! – Cochichou, sentindo as lágrimas rolarem pelo rosto. Olhou para o céu cinzento. – Deus, de boa! Dá uma ideia! Quero salvar a Isidora, o pai dela, quero me salvar também! Ai! Me esqueci de pedir pela grana do Peçanha...

# FOI SEM QUERER

De sua carteira, no fundo da sala, próxima à porta, Léo pensava nos motivos que fizeram Isidora lhe pedir ajuda.

Só por ser educado? Por que, às vezes, é ruim ser bom? Bom ser ruim? Na classe, ninguém se entendia, as garotas só sabiam fofocar. Já o interesse dos garotos orbitava entre *games* e *internet*. Muito chato estudar naquela escola. Nisso, surgiu uma novidade:

– Hoje, faremos a escolha do representante de turma! – A professora de português parecia entusiasmada.

– Puxa, vai atrapalhar logo a melhor aula. – Léo descalçou o tênis para coçar os pés. Caso a Isidora fosse descoberta, estaria frito também.

Após muito falatório, Priscila foi eleita.

– Uma *barbie*! – Não achou o resultado legal. Preferia a Alba, a boliviana bunda de ferro, ou Bete, a grandalhona.

– Pelo menos, ela é bonita! – Tiago comentou.

– Mosca, você votou na beleza da menina?

– Claro! Os meninos combinaram! Inteligente, não?

Léo mordeu a língua ao ver a temida Professora Maria do Carmo chegar para assumir o 2º horário. Puxa! O tempo voa quando temos um problema.

Agora, precisava consertar a posição na carteira, arrumar o material, abrir o livro de matemática na página certa, rezar para a bruxa não achar erros no dever de casa.

Nisso, uma caixa de som afixada num dos cantos superiores da sala ganhou vida:

"Atenção, 6ªA! A aluna Isidora Mendes é aguardada na Diretoria!"

Léo travou a respiração por alguns segundos. Fora descoberta. Só podia ser isso. Em pouco tempo, ouviria também seu nome. Pelo menos soubesse o quanto de dinheiro havia no pacotinho roxo. Se fosse uma merreca, bastaria quebrar o cofrinho... Os demais alunos se entreolhavam. Já a Professora sargentona pregou os olhos na Isidora tal pensasse: "Garota chorona de uma figa! Tomara que leve uma bronca daquelas!"

Ele tremeu para valer quando coitadinha passou a murmurar algo do tipo:

– Foi sem querer... Eu juro!

No fim, ela afundou o rosto remelento na concha das mãos.

À porta, Sebastião aguardava.

Estaria tudo acabado? Preciso sair e ajudá-la.

De que jeito? Como?

# O ELEFANTE DO CALOI

Léo sabia, salvando a Isidora, salvaria a própria pele. O problema, escapar durante a aula da professora mais brava do mundo...

De repente, Caloi surgiu à porta, de novo depois do sinal.

Eis a chance. Se ele distrair a fera dos números contando outra de suas desculpas fantásticas, talvez consiga sair escondido... Pode dar certo. Isso sim seria bom demais. Restava saber: o cretino teria tamanha coragem...

Dona Maria do Carmo limpou a garganta antes de exibir a cara dura, boa para desanimar perguntas estúpidas.

– Atrasado de novo, hein, senhor Carlos Eloy da Silva? – A bruxa parecia gostar quando um aluno fazia besteira só pelo gosto da bronca. Sente-se direito! Fecha a boca! Silêncio! Tire o dedo do nariz, porco!

– Professora, eu saí cedo de casa só para não perder sua aula! Só que a gente risca, a vida rabisca...

– Sei! – Disse o terror da Escola Municipal, mexendo os óculos para cima e para baixo. Ai se soubesse que os alunos a chamavam pelas costas de Maria do Cão. Perigoso até morder alguém...

Pela introdução, a história prometia fortes emoções. Apertou as pálpebras. Talvez conseguisse sair enquanto Caloi contava a lorota. Precisava ser rápido, do contrário, a Isidora colocaria tudo a perder.

Depois de fazer suspense, Carlinhos sorriu. Pelo jeito, aceitou o desafio. Menino maluco! Daí, começou a falar:

–Vinha eu pela calçada quando na esquina apareceu um elefante!

Sorrisos pipocaram na turma.

– Isso mesmo! Um enorme elefante africano!

Risos aqui, acolá.

– Calem-se! – Maria do Cão mostrou as garras.

Caloi podia ser mentiroso, não ligar para horários, mas tinha muita coragem.

– Respirei fundo. O asfalto tremia. O monstro passou por mim e invadiu um mercadinho de verduras do outro lado da rua.

Às vezes a professora maligna emitia um "psiu".

Léo pensava num jeito de sair escondido. Isidora não suportaria a tortura na tal masmorra por muito tempo.

— O bicho devorou verduras, legumes, frutas... Engoliu as melancias sem mastigar. — Carlos encenava.

A turma em silêncio.

O mentiroso prosseguiu:

— O verdureiro chegou a tempo de assistir o animal depositar uma fedorenta montanha de cáca. — Indicou um volume acima de sua cabeça. — O troço ainda respingou em mim.

— Credo! — Amanda comentou.

— Chega! Carlos Eloy, para o seu lugar, agora! — A megera apontou.

— Professora, não é justo. O que aconteceu depois: Como terminou? Deixa o carinha contar o resto. — Dudu abriu os braços.

Enquanto isso, Léo suava frio a observar a maçaneta da porta quase ao alcance dos dedos. Só um milagre o colocaria para fora da classe. Juntou as mãos debaixo da carteira: "Deus, ajuda!"

A zangadiça Maria do Cão cuspiu as palavras:

— Pois bem, Senhor Carlos Eloy da Silva, continue.

A classe fez cara de bolinho de chuva.

Caloi sorriu.

— A polícia fechou a rua. Após alguns tiros tranquilizantes, o monstro caiu quase em cima de mim. Na confusão, fui parar numa ambulância, pois um dos dardos me feriu. Vejam!

A classe virou um alvoroço. Havia mesmo um arranhão avermelhado em um dos braços do infeliz.

— Depois de medicado, ganhei uma carona, aqui estou...

— Atrasado para o segundo horário! — A professora bruxa elevou o tom — Mentiroso descarado!

Esse carinha é um gênio. Quem sabe ele arrume uma solução para o caso do incêndio da biblioteca. O problema seria arriscar tamanho segredo na mão do cretino Língua Solta da Silva.

— Dona do Carmo, aconteceu sim! Vai sair até no jornal da TV! — Caloi se aproximou da fera. — Pode me cheirar para a senhora sentir o puro aroma de cáca de elefante africano.

Todos riram à vontade.

Já a sargentona parecia prestes a explodir de raiva.

Nisso, Joãozinho Caga Osso, o maior soltador de puns do mundo, famoso na escola toda depois de tocar um *funk* com o traseiro, sorriu. Ai, quando malandro exibia os dentes daquele jeito só podia estar a caminho um daqueles torpedos de efeito retardado. Assim, o nojento transferia a culpa malcheirosa para outra pessoa. Salve-se quem puder...

Léo e outros alunos espertos taparam o nariz.

Em instantes, um odor insuportável subiu perto da bruxa.

Maria do Carmo, decerto, sem perceber a malandragem do Joãozinho, despejou a ira sobre o alvo errado, enquanto abanava a mão à frente do rosto:

– Leonardo Ferreira, garoto modelo de gambá! Porco! Podre! Mal-educado!

– Professora, foi o Caga Osso!

– Hein? Além da porcaria, ainda fala palavrão?

A classe emudeceu.

– Os dois, para a Diretoria! A-go-ra! – A bruxa arregalou os olhos vermelhos, enquanto apontava a porta.

Léo enxergou na bronca um milagre. Agora, podia procurar Isidora. Bom, meio milagre, pois ainda enfrentaria pelo caminho o temido Geraldo Peçanha. A masmorra quente, cheia de algemas, existiria mesmo?

A alegria inicial diminuía a cada segundo...

# CADÊ A ISIDORA?

Acompanhado de Caloi, Léo colou o traseiro no banco na antessala da Diretoria.

Após a representante de turma recém-eleita explicar o acontecido, a secretária, Dolores, deu uma olhada nos visitantes.

Léo, soltou a pergunta presa na garganta:

– Cadê a Isidora?

– Quem?

– A menina que foi chamada nas caixas de som.

– Não me lembro. De qualquer forma, sou proibida de falar sobre os alunos levados à sala do Diretor. Sinto muito.

Caraca! Coisa esquisita. Ela já saiu da classe expulsa?

Caloi cochichou para o colega:

– Tá louco? Nós, numa enrascada, você preocupado com aquela esquisita.

– Qual de vocês é o porcalhão? – Dolores arregalou os olhos no fim da frase.

Léo explicou a curiosa habilidade do Joãozinho.

– Cruzes! Já ouvi algo a respeito. A fama desse garoto nojento chegou aqui. É verdade que ele tocou um *funk* com o...

– Fiofó? – Caloi completou a pergunta, sem entusiasmo.

Léo usou o olhar para fuzilar o colega. A barra pesadíssima e o cretino ainda falava palavrões. Daquele jeito, acabariam suspensos. Aí, sim, jamais encontraria a Isidora a tempo.

A secretária riu antes de provocar o Caloi.

– Você só pode ser o mentiroso...

– O elefante surgiu do nada! Juro!

– Ah! Essa história eu quero ouvir.

Caso a narrativa do elefante fosse verdadeira, a Professora Maria do Carmo cometeu uma dupla injustiça ao mandar dois inocentes para a sala do Diretor.

Nisso, lembrou-se de Isidora, do incêndio... As mãos ficaram oleosas. Peçanha engoliria a história que foi sem querer? Puxa! Até o seu pai, sempre tão certinho, já colocou fogo em casa. Todo mundo já fez alguma besteira na vida. Por experiência própria, às vezes, a gente não quer nem uma coisinha, acontece uma coisona.

Já a simpática secretária, mesmo após o fim do relato, ria sozinha. Decerto, recordava pontos do enredo maluco do Caloi ou do torpedo malcheiroso. Vai saber.

Léo apertou um pé contra ou outro. Fugia? O plano parou ao som de botas, quando a imaginação o escondia na casa de algum parente da colega Alba, lá na Bolívia.

– Dolores, aqui está o material da garotinha. – O monitor depositou uma mochila desbotada sobre a mesa.

– Da Isidora? – A secretária perguntou a meia voz.

Léo ia dizer algo... A mulher abafou a fala dele com um longo "psiu". Tanto mistério só para expulsar uma aluna? Não faz sentido. Tião não escondeu um risinho... Os dois escondiam algo. Ou a tensão lhe pregava peças?

A maçaneta da porta da sala do Diretor estalou.

# MUITO ALÉM DO CÉU CINZENTO

— Fechem a porta! Se ajeitem logo nas cadeiras, preciso resolver uma coisa meio chata com os senhores. A prosa poderá ser boa ou muito ruim... Vai depender de vocês.

Léo mordeu o lábio.

Carlos foi o primeiro a se sentar, já enfiando as mãos entre as pernas.

Após ler a acusação anotada num pedaço de papel, Peçanha balançou a cabeça. Gases intestinais. Mentiras. Perda de tempo! Seria, sim, bem legal se eles soubessem quem colocou fogo na minha biblioteca... Em seguida encarou Léo:

— Então o senhor soltou um pum na frente da respeitável Maria do Carmo?

— Eu não... — O garoto engasgou.

— Ora! Talvez fosse a vez dela... — Peçanha caiu na gargalhada. Havia acordado estranho naquela manhã. Depois de dias a remoer as complicações do incêndio, queria rir do mundo. Pois só salvaria sua carreira caso descobrisse o culpado pelo fogo. Ou seja, andava na corda bamba...

Caloi se segurava na cadeira.

— Queria ser um mosquitinho para ver a reação da Maria do Carmo. Deve ter sido muito engraçado. — Lembrou-se de cenas do cinema, onde os vilões sempre gargalhavam antes de ameaçar as vítimas. Caprichou na interpretação. A voz grossa completava o efeito.

— Não fui eu! — Léo falou embolado.

— Tem certeza? Puns costumam fugir ao controle. — Insistiu.

— Foi o Caga Osso! Ele sim fez a porcaria.

— Quem?

— O Joãozinho, senhor Diretor!

— Ah, sim. Esse é tal aluno ordinário tocou um *funk* usando o... a...

— Roda gigante! — Caloi completou.

Peçanha gargalhou. Agora, veio-lhe à lembrança os seus bons tempos de ator de teatro. O nome daquela peça podia ser *O medo entrega o jogo*.

Léo exibiu uma cara de bronca na direção do amigo.

— Eu ia falar traseiro, poupança... — O Diretor riu. — Bom, esse estilo musical é uma cáca mesmo. — Risadas.

Caloi torceu os lábios.

— Ah! Por falar em poupança. Onde foi parar o dinheiro dos livros? A Catarina não recebeu nada, rapazinho.

Léo enterrou uma das mãos nos cabelos:

— Eu... Eu deixei em cima da mesa dela.

— Ficou doido? Deixou o meu dinheiro em cima de uma mesa? — Apertou os dedos na testa.

— A biblioteca estava vazia! As aulas já...

— Daí, o verba da caixa escolar virou fumaça?

Silêncio.

Léo concordou, balançando a cabeça. As pálpebras tremiam.

O Diretor tapou o abismo aberto na conversa assim:

— Ok! Vamos fazer de outro jeito. Você me inspirou a cultivar bons modos nesta escola, assim, o pouparei do corretivo. Além disso, terá um voto de confiança pelo dinheiro sumido. Quem sabe ele ainda apareça... Ou alguém pague? Entendeu? Contudo, se for mentira, eu não gostaria de estar em seu lugar. Pense bem. — Apontou o piso.

Léo respirou alterado.

— Afinal, sejamos justos, a sargentona é uma xarope! — o Diretor completou.

— O senhor também não gosta da Maria do Cão? — Caloi esparramou os dentes entre os lábios.

— Maria do Cão? Essa é boa! — Peçanha tamborilou os dedos sobre a mesa enquanto ria. — Quem gosta daquela louca de pedra! Ei, isso deve ficar entre nós.

Os garotos prometeram segredo.

Peçanha canalizou energia na direção de Caloi.

— Qual foi a mentira desta vez?

— Aconteceu de verdade. Juro, por tudo de mais sagrado!

— Então me convença. — O homem cerrou os punhos.

Léo pressionou um lábio contra o outro. De quando em quando, observava um tapete no canto da sala.

Após ouvir o relato do elefante, o Diretor passou sermão sobre pontualidade. Em seguida, ajeitou o traseiro na cadeira:

— Bom! A 6ªA tem mesmo alunos diferenciados...

— Um monte! Temos uma menina chorona. — Caloi sorria, decerto, feliz depois da bronca miúda.

— Conheço! Ela tá numa situação difícil.

Léo estremeceu.

— O Fernando tem voz de locutor. — Caloi prosseguiu. — O galã de novela mexicana é o Tiago; a Priscila é a nossa princesa dos sonhos...

— Não teria algum querendo ser médico? — O Diretor remexia os dedos.

Léo suspirou.

Caloi olhou para o teto:

— Não sei! O Dudu balança entre ser lutador e sambista. Alba, a índia boliviana dos Andes, quer ser professora de matemática, porém, ninguém entende o que ela diz. A Bete, goleira profissional. Já o Pedro Risadinha, palhaço de circo.

— Talvez algum enfermeiro? — Peçanha insistiu.

— Sei não, viu! — Caloi coçou o queixo.

Léo juntou coragem e comentou:

— Nossa classe é uma mistureba medonha, mas nem tanto!

— Humm! — O Diretor fechou a cortina da janela. — Agora, vamos fazer a coisa! — Deu um tapa na mesa, antes de distribuir papel e lápis.

Léo juntou as sobrancelhas.

Caloi, os lábios.

— Escrevam: eu serei um aluno educado.

— É para escrever quantas vezes? — A voz de Caloi saiu picada.

— Uma vez só! Vamos logo! Sem enrolação!

Assim fizeram.

Peçanha sorria amarelo enquanto observava a caligrafia dos suspeitos. Depois, retirou um caderno chamuscado de uma gaveta. Um leve cheiro de queimado tomou conta da sala.

Léo enxugou as mãos na camiseta. O suor escorria pelo rosto.

Caloi segurava o tampo da mesa, de olhos arregalados.

— Alguém pôs fogo na minha biblioteca! Vocês sabem quem foi? — A voz grossa do temido Diretor trovejou. Em seguida, apertou os olhos na direção de Léo: "Você sabe de alguma coisa sim". Depois, debruçou sobre a mesa, à espera de respostas.

O aluno modelo tentou empurrar a cadeira para trás.

Caloi arregalou os olhos.

Peçanha deu um murro na mesa.

★

Apesar do susto, Léo não conseguia tirar os olhos do caderno queimado. Só pode ser o de Isidora. Decerto, o Diretor a prendeu na masmorra. A entrada estaria debaixo do tapete? Será mesmo? De uma coisa, tenho certeza: para salvá-la preciso suportar a pressão até o fim.

Caloi virou para o Diretor.

— Isso aí não prova nada!

— Ah, não? O caderno foi encontrado junto à máquina de derreter resina, onde o fogo começou. Nas últimas folhas, há uma curiosa colagem de fotos de médicos, ambulâncias... Dedução: o nosso incendiário sonha estudar Medicina!

— Ai! — Léo deixou escapar o gemido, enquanto imaginava a Isidora vestida de branco.

— Você gostaria de confessar algo, rapazinho? — Peçanha exercitava os dedos das mãos.

— Léo, a sua camiseta está molhada de suor!

O cretino do Caloi nunca conseguia ser discreto.

— Você sabe quem ateou fogo na minha biblioteca? É isso? — A voz do Peçanha tinha um tom diferente.

— Bom... É ... — Léo remexeu o traseiro na cadeira.

— Isso é resposta? — O Diretor voltou a examinar o caderno — É de algum amigo?

— Não sei de nada não! — Léo arrastou as mãos pelo rosto.

De braços cruzados, o homem falou devagar.

— Diga o nome e não expulso vocês! — Aquelas palavras duras eram como socos no nariz.

— Aí não vale! O senhor já ia liberar a gente. — Léo abriu os braços.

— Ia... Mudei de ideia!

— Fala logo, Léo! — Caloi juntou as mãos em sinal de súplica.

Peçanha parou de folhear o caderno para dar outro murro na mesa:

— Já sei. A incendiária é uma aluna!

Léo agora teve medo de olhar para o Diretor. Era desse jeito que a avó Luísa descobria as suas mentiras.

— Tá na cara! Um caderno arrumadinho, bolinhas sobre os "is". Só pode ser de uma menina bonita que sonha ser médica, não é isso? Acertei?

Aos cochichos, Caloi parecia rezar.

— Qual será o castigo do culpado? — Léo não levantou os olhos.

O Diretor espatifou um lápis entre os dedos e rosnou:

— Só-pa-ra-sa-ber, não é?

— Sim! Sim!

— Depois de pagar o prejuízo, será expulso. Coisa parecida espera vocês caso não me contarem a verdade agora!

— Pera lá! Eu só cheguei atrasado. — Caloi estapeou o próprio peito.

— Errado! Você é o maior mentiroso dessa escola. — O Diretor retirou uma maçã da gaveta, deu a volta na mesa.

Caloi arregalou os olhos.

— Será um prazer trancafiar vocês na minha terrível sala da verdade. — De cara fechada, ele chutou o tapete do canto da sala.

Léo prendeu a respiração: a masmorra existia sim... A portinhola de tábuas de madeira era igual à dos filmes de terror.

— Diga o nome! — O carrasco exibiu uma chave.

Léo apertou os lábios. O rosto tremia.

— Acorrentarei vocês lá embaixo! Sem água, sem comida!

Léo juntou força e coragem:

— Tenho uma ideia melhor!

— Ideia?

— Só a digo com uma condição!

— Condição? Ora, seu pirralho de uma figa! Aluno modelo de araque! Prefiro prender você na minha terrível masmorra a ouvir besteira.

Caloi chorava miúdo.

Léo rememorou as palavras da avó e de Isidora: "Você saberá! Me ajuda, vai!" Então, partiu para o desafio:

— Não adianta. É a minha ideia ou nada. — Colou o corpo no encosto da cadeira, enquanto pensava no passo perigoso que tinha dado. Talvez a Isidora já tivesse sido expulsa! A fama de garoto modelo escorria pelo ralo... Quem sabe, o malvado nem quisesse ouvir sua ideia. Isso, sim, seria fogo.

Peçanha destrancou o cadeado do alçapão.

# PROMETE PELA VIDA DA SUA MÃE?

Enquanto aguardava uma resposta do Diretor, pensava na melhor forma de contar seu plano. Um 'não' dele seria o fim.

Peçanha rodopiava o cadeado entre os dedos, enquanto cantarolava sem ritmo:

— Eu vou, eu vou! Sofrer na masmorra, eu vou!

Caloi continuava curvado.

Léo coçava os cabelos.

O tempo parecia passar mais devagar.

De repente, a musiquinha parou:

— Está bem! Pra ninguém dizer que não dei uma colher de chá, qual a condição?

Léo fechou os olhos por um instante, suspirou.

—Vai falar ou não? — O Diretor falou grosso.

—Vocês juram pelas suas mães mortas atrás da porta guardar segredo eterno sobre nossa conversa?

O homem abriu as mãos sobre a mesa:

— A minha mãezinha morreu há dezoito anos!

— A minha não cabe atrás da porta! — Caloi fez cara de sério.

Léo e Peçanha encararam o mentiroso.

— Gente, ela pesa cento e quarenta e oito quilos, tem duas bursites!

O Diretor enrugou a testa.

Léo jogou uma pergunta:

— Bursite? Que diabo é isso?

— Chega! — Peçanha guardou o caderno dentro de um velho cofre. — Eu prometo, ponto final. Ideia ruim, os dois irão para a masmorra.

Léo virou para Caloi:

— Promete ou não?

— Para a eternidade? Jura?

— Claro, seu tonto! Do contrário não é promessa.

Peçanha massageava a testa.

— Ok! — Caloi pousou a mão sobre o peito. — Prometo pela vida de minha gorda mãe guardar segredo eterno de tudo que aconteceu nessa sala.

O Diretor suspirou profundamente.

Satisfeito, Léo começou a falar.

— Sabe aquela coisa da 6ªA mistureba? O meu pai garante que bons times são feitos de jogadores diferentes...

— Tem lógica. Continue. — Peçanha abocanhou a maçã afinal.

— Juntos, podemos mais! Vamos montar uma gincana e um Concurso de Rainha da Pipoca!

Caloi apertou as bochechas.

O olhar do Todo Poderoso não era nada animador.

Léo baixou a cabeça. Se ele não gostar? Preciso de um plano B. Ser herói de alguém não é fácil... O pior, nem posso perguntar pela Isidora. Droga! Vamos, aceita. A ideia é boa. A gente coloca preço no voto.

O Comandante Supremo da escola passou a andar de um lado para o outro. Às vezes, cuspia uma semente de maçã no cesto de lixo.

# A BOLA ESPECIAL

Peçanha estudava as alternativas, enquanto comia o restante da fruta.

Léo olhava o teto.

Caloi descansava a cabeça na quina da mesa. Devia estar exausto.

– Ok, senhores! Cumpri a minha parte no trato, ouvi a tal ideia e não gostei. – Abriu o alçapão. – Para a masmorra, os dois! Pensem bem. Caso não me disserem quem ateou fogo na porcaria da minha biblioteca, sairão expulsos no fim do turno.

– Brô, você ficou louco? Rainha da Pipoca é coisa do maternal! – Caloi chorava.

Léo apertou os olhos. O que havia de errado? A solução lhe pareceu maravilhosa.

– Só me faltava essa! Uma gincana idiota, um Concurso de Rainha da Pipoca para reconstruir uma biblioteca. Só pode ser gozação! – Indicava o buraco retangular no piso de onde vinha um leve cheiro de desinfetante.

Caloi foi o primeiro a desaparecer na abertura.

Léo parou no começo da escada:

– Não faça isso, seu Peçanha!

– Quero o nome! – Os olhos do homem queimavam.

– Foi um acidente. Foi sem querer. Juro!

– O nome!

– A família dela é pobre, não tem condição de construir uma biblioteca.

– Não importa, diga o nome! Não pagarei esse pato sozinho!

– O senhor só vai destruir o futuro de uma criança.

– Garoto, não estou para brincadeira. Perdi uma biblioteca inteira, os meus gibis viraram cinzas, o meu emprego por um fio...

– A minha ideia é muito melhor! Pode acreditar.

– Melhor uma ova!

Nisso, na brecha da porta surgiu um palhaço:

– Pepê, hoje eu lhe trouxe uma bola enorme. Veja! Não é uma espetacular!

Léo arregalou os olhos.

Caloi pontou a cabeça para fora do buraco do piso.

Peçanha levou as duas mãos à cabeça. Podia esperar tudo, menos a chegada do atrevido vendedor de algodão doce na hora agá. Os garotos já iam entregar o jogo! Ele tinha quase certeza. Por que a Dolores não barrou esse sujeito? Agora, caía a máscara de durão. De braços frouxos, olhava o teto.

O palhaço sorriu sem graça, acenou tchauzinho e desapareceu.

Léo deu uma espiada na masmorra antes de subir.

Caloi ganhou o mundo com a cara de quem tirava sarro: "Quem diria, hein? Tão bravo, mas gosta de algodão doce!"

Nisso, Peçanha travou a fechadura da porta, retirou a chave.

Os garotos se entreolharam.

# VOCÊ CONFIA EM MIM

Peçanha usou um lenço retirado do bolso para enxugar o rosto, enquanto um redemoinho remexia seus pensamentos. Precisava amenizar a má impressão.

– É o seguinte: com a promessa de não espalhar a coisa do algodão doce, deixo vocês saírem. Negócio fechado?

Os garotos concordaram acenando a cabeça.

– Desculpem-me se assustei vocês... Toda essa conversa não passou de uma estratégia para conseguir a verdade. Veja o lado bom, vocês amadureceram uns cinco anos hoje. Demonstraram fibra. – A voz macia em nada lembrava o homem terrível de instantes atrás.

– Léo... – O Diretor consertou a posição do corpo na cadeira – Queria muito um nome. Agora não é importante...

Os garotos ainda tinham a respiração alterada.

– O incêndio só pode ter sido um acidente. A quem interessaria destruir a biblioteca? Você tem razão, Leonardo. Melhor envolver todos na reconstrução, em vez de insistir numa lamacenta caça às bruxas. Juntos podemos mais, sim! Seria maravilhoso transformar a tragédia numa lição para o resto de nossas vidas.

Léo apertou um lábio contra o outro. De quando em quando, socorria os olhos úmidos com o dorso das mãos.

– Desculpem pela pressão. Sou apaixonado por essa escola. Sempre quis ser Diretor. Entretanto, não é justo um incêndio idiota ameaçar meu cargo no segundo mês de trabalho... No fundo, somos iguais. Não desistimos facilmente!

Léo sorriu sem graça.

– Já você, Carlinhos, uma hora as suas mentiras vão lhe quebrar a cara. – O homem balançou o dedo fura bolo. – Agora, voltem para a classe. Para a Maria do Cão, digam uma mentirinha besta sobre tomarem uma baita bronca. – Riu. – Enfim, nunca desistam diante dos problemas! Sempre há uma solução.

Destrancou a porta.

– Quanto ao caderno? – Léo gaguejou.

— Quanto ao dinheiro dos livros? — Peçanha levantou uma das sobrancelhas — Eu confiei em você! Você confia em mim?

Léo baixou a cabeça.

Caloi puxou o amigo para fora.

O Diretor apoiou os cotovelos na mesa, enquanto repassava um filme mental dos últimos acontecimentos. Foi quando percebeu um rabisco de lápis na cadeira onde Léo sentara. Deu a volta na mesa, forçou os olhos: Um I, pontinhos, um O no fim. Ou seria um A? Poderia ser um L no início... Mordiscou os lábios. Daí, pegou uma folha de papel e passou a testar as várias combinações possíveis. Talvez fosse o nome do incendiário...

# MAIS UM MINUTO E...

Léo entrou no banheiro arrastado pelo Caloi. A cabeça fervilhava. O que foi feito do dinheiro do embrulho roxo? Onde teriam enfiado Isidora? A urgência, precisava arrumar um jeito de dá um perdido no Caloi.

— Brô, calma!

— A correria é justa, pois sujei a cueca!

Léo tapou a boca para não rir.

— Agora, seguinte: você peitou o todo-poderoso. Quase fomos expulsos. Daí, mereço saber quem colocou fogo na porcaria da biblioteca? — Caloi disparou aquelas palavras já detrás da porta do sanitário.

— Não posso falar. — Léo abriu a torneira da pia. — Jurei segredo eterno. Foi mal!

— Ora! Não pode contar? É algum garoto?

— Sai fora, Caloi!

— Bom, por outro lado, jurar segredo eterno é coisa de menininhas... Foi qual delas?

— Não posso dizer. De boa.

— Brô, vai chutar na trave? Vai? Afinal, aguentei firme ao seu lado aquela pressão medonha...

— Aguentou nada, seu caô! Para! Borrou a calça de medo!

— Ninguém é de ferro! Quando o Peçanha gritou "para a masmorra, os dois!" foi difícil pra caramba segurar.

Léo tentou segurar o riso de novo, mas não conseguiu.

—Você ainda ri? — Caloi protestou.

—Tô rindo da tal sala da verdade. Toda arrumadinha e cheirosa.

— Pois é! Armários, estantes, piso limpinho. Masmorra estranha! Cadê as algemas, correntes...? Nem mesa de tortura o troço tinha. Brô, fiquei de cara. Maior decepção!

— Caloi, você é biruta!

— O Diretor é a maior viagem. Come algodão doce escondido, chora por conta de gibis... Parece criança! – Caloi falou.

— Fosse comigo, eu chorava também... Perder uma coleção inteira de revistinhas. – Léo parou de lavar o rosto para mirar o espelho.

— Lembra daquele negócio de amadurecer cinco anos? Eu queria ser mais velho...

— Doidera!

— Brô, me esclarece a parada do dinheiro?

— Também não posso contar.

— Puxa! Odeio segredos eternos. É a Priscila? Hein?

— Não! Não salvaria a pele daquela chata.

— É a Noeme? Ela é bonita, descolada.

— Caloi, tá ligado que precisa inventar aquela mentirinha para a Maria do Carmo?

— Deixa comigo! Irei caprichar!

— Olha lá, hein! A do elefante quase expulsou a gente.

Pausa.

— Matei! Matei! Foi a Isidora que colocou fogo na biblioteca!

Léo engoliu seco. Encarou o espelho embaçado. E agora?

Caloi acionou a descarga do sanitário...

# MENINAS FEIAS SÃO MALUCAS

— De onde você tirou essa ideia doida?
— Doida nada! A Isidora saiu da sala olhando para você, ainda lhe sussurrou algo.

Léo coçava a testa em busca de uma saída. Caloi era a pior pessoa para guardar segredos. Naquele detalhe, era quase uma menina. Retrucou:

— O meu lugar é perto da porta, brô! — As palavras da desculpa saíram atropeladas.

— Não me enrola, cara! Você até perguntou por ela para a Dolores. Essa história está muito mal contada. Agora, tudo se encaixa.

— Juro, foi só curiosidade! — Olhou o relógio do celular. Em breve seria o recreio, banheiro lotado. Carlos Eloy adorava uma plateia... Isso não era bom.

— Então?
— Tudo bem Carlos Eloy, vou lhe contar a verdade!

★

Léo abandonou o banheiro, sem saber qual verdade inventaria. Atrás, vinha o maior contador de lorotas da cidade.

— Cara! Não estou protegendo a Isidora. Também não foi ela a culpada pelo fogo. Tá louco? — Martelou os dedos contra a cabeça. — Fuxico feito não tem conserto.

— Aí, me diga quem foi! — Caloi o cercava. — Não minta para mim, brô.

A cabeça de Léo doía uma dor pulsante. Já foi barra enrolar o Diretor, imagina fazer uma mentira parecer verdade justo para o Carlinhos!

— Ei! Não tá interessado nessa menina, né? Cruz credo!

Léo sorriu:

— Tá bom! Você me pegou. Gosto dela, sim.

Caloi soltou uma cusparada de saliva.

— Não dá para acreditar, brô. Sem chance! Ela é muito sem graça.

— Mas é a pura verdade. Juro! — Léo levou as mãos à nuca.

— Cara! Ela consegue ser mais feia que a Alba. Pô, a menina chora o tempo todo. Não conversa. Foi macumba! Ou cê tá me zoando... Difícil de acreditar.

— Ah! Quem controla isso. Daqui a pouco passa, então gostarei de outra. — Torceu para o cretino engolir a lorota. Agora, coisa chata menosprezar a coitada, ela não é tão feia assim.

— Tomara, brô! É louco. Já aconteceu comigo também. Ninguém controla o coração. Antes, eu me apaixonava de cinco em cinco minutos, agora melhorou, acontece de dez em dez. — Risadas — Bom, mudando para o mesmo assunto, quem causou o incêndio?

— Ainda não posso contar, teimoso! — Léo enfiou os dedos nos cabelos.

— Aí, pisou na bola! Enrolou de novo...

— Bom, se você guardar segredo sobre a Isidora, prometo, quando puder lhe contar em primeira mão o nome do incendiário.

— Pô, até lá eu vou cair mortinho de curiosidade!

— Caloi! O carinha é desastrado. O incêndio foi um acidente, brô. De boa.

O mentiroso juntou as sobrancelhas.

Léo torcia em pensamento:

"Vai, imbecil, acredita!"

— Beleza! Foi legal de sua parte limpar a barra do mano... O comedor de algodão doce queimaria o coitado vivo para salvar o emprego. Agora, mudando de assunto de novo. Cara! A Isidora sabe que você gosta dela?

— Não entendi!

— Brô, quando ela souber... Ai! Ai!

—Você não fala coisa com coisa...

— Meninas feias são malucas, grudentas. Fui!

Léo suspirou enquanto observava o amigo mentiroso indo embora. O suspiro foi de alívio ou de aflição? Aquela encrenca só piorava. Pelo menos, conseguiu protegê-la mais uma vez. Restava saber até quando.

O sinal do recreio tocou. Foi quando uma sombra gorda escureceu tudo à sua volta. O coração quase parou:

"O Tigrão, de novo não!"

# PEGUEI VOCÊ, MOLEQUE!

A sombra medonha balançava.

Léo engoliu em seco. Enquanto criava coragem para encarar o asqueroso Tigrão, ouviu risos. Virou. A sombra enorme era a mistura de Dudu, Mosca e Caga Osso. Deixou cair os ombros.

—Vocês quase me mataram de susto!

— Pegamos você, hein?

— Joãozinho, seu otário, fui parar na mesa do peçonhento por sua causa. Achei que fosse meu amigo.

— Foi mal. Juro! Mirei o Pedro. Mas ainda não dá para controlar puns teleguiados pelo pensamento...

Riram de segurar a barriga.

Os três despejaram um monte de perguntas a respeito da aventura na Diretoria. Além disso, queriam fazer parte dos *Descoladianos*. Léo acabou perdendo um tempo precioso, pois também não podia perder a chance de aumentar a sua turma.

No fim do recreio, uma vez livre deles, recebeu um esbarrão de Dolores.

—Você? Bom! Caso ainda lhe interesse, a tal menina esquisita está na Secretaria. É nosso segredinho, hein? – Cochichou, sorriu e virou as costas.

Léo coçou a orelha. A movimentação dos alunos voltando para a classe lhe causou náuseas. A dica seria uma armadilha? Onde foi parar a proibição de não falar sobre alunos chamados à sala do Diretor? O jeito de descobrir era olhar através das janelas.

Correu na direção dos fundos do prédio. O coração batia forte. O estômago esfriara. O medo: alguém sempre vê quando fazemos algo errado... É uma chateação.

A primeira janela, a do arquivo.

Na segunda, dava para a sala dos professores, onde avistou logo a Maria do Carmo de costas. Prendeu a respiração, caiu de joelhos. A bruxa ali, em horário de aula? Algo estava muito errado! Ela nunca atrasava...

Pensou em desistir. Caso a dica fosse mesmo uma cilada do Peçanha? Roeu a unha do dedão. Azar! Andou de cócoras.

Na próxima janela havia algumas pessoas. Quase foi visto.

Na última, uma cortina vermelha cobria os vidros. Sem perder a esperança, encontrou um furo no tecido. Colou a cara na vidraça:

— Putz! — O coração disparou. Um homem arrastava Isidora no sentido contrário.

Fez o caminho de volta, pulou os canteiros de jardim, parou em frente à secretaria. O coração pedia para invadir o local aos gritos. Mas, o cérebro avaliava o risco. Olhou em volta, subiu em um dos arbustos rente ao muro. Do outro lado, Isidora ocupava o banco traseiro de uma perua.

— Ei! Olá! Psiu! — Balançou um dos braços. O arvoredo vibrava.

A menina seguia quieta, surda, uma zumbi.

— Isidoooraa! — O grito saiu cochichado.

A perua partiu a toda velocidade...

Nisso, uma mão cascuda agarrou um de seus pés. Mãos cascudas nunca agarram o pé da gente em um jardim de escola para oferecer ajuda. O gorducho Tigrão subiria em árvores? Teve medo de olhar para baixo.

— Peguei você, moleque! — O sorriso falhado do monitor ia de um canto ao outro da boca.

Léo abraçou o galho do arvoredo. Isidora foi expulsa! E eu, burro ao cubo, caí numa armadilha! Espiou o entorno: o jardim vazio, o estacionamento também. Não havia saída. Enfrentar o Todo Poderoso de novo seria osso...

Sebastião puxou mais forte.

O galho começou a estralar...

# RAPAZINHO

— Desça daí, pivete sem vergonha! Está destruindo minhas plantas. — A dentadura de Sebastião dançava fora do compasso das sílabas.

Nisso, o galho partiu. Léo segurou noutro, enquanto pensava num jeito de fugir. De repente, sem querer, criou uma nuvem de poeira ao sacudir o arvoredo.

Tião largou a presa para socorrer os olhos. O coitado ora tossia, ora espirrava...

Aproveitou a oportunidade para correr rumo à sala de aula. Mas, no meio do caminho, a voz de Dolores no sistema de som o fez mudar o trajeto para o pátio. Com sorte, o velho monitor que não enxergava bem, talvez nem o tivesse reconhecido...

De pé na escadaria do prédio da 6ªA, o Diretor sorriu para ele. Seria o anúncio da gincana?

"Cretino!" — Léo pensou. — "Isidora colocou fogo na biblioteca sem querer, mesmo assim foi expulsa..."

Alunos chegavam de todos os lados.

Léo sumiu no meio da multidão.

Peçanha levantou os braços.

— Caros alunos! Anuncio a criação do Concurso Miss Estudantil. O objetivo é arrecadar dinheiro para reconstruirmos o que o fogo destruiu. Cada sala poderá apresentar quantas candidatas quiser. A apuração das dez finalistas dependerá da venda de votos. Um corpo de jurados apontará a vencedora. Ainda, cada classe montará uma barraca de guloseimas, além da obrigação de vender ingressos e cartelas para o bingo programado. O professor coordenador dará os detalhes. Muito em breve, teremos uma nova biblioteca!

Léo aprovou as modificações de sua ideia original. Entretanto, a imagem da perua azul em disparada não saía de sua cabeça. Além disso, o sumiço do problema do dinheiro completava o tormento... Quanto havia naquele maldito pacotinho roxo? A Isidora teria coragem de roubar? De mentir? Bibliotecas não pegam fogo sozinhas... Ou pegam?

Nisso, Caloi chegou atropelando.

– Putz! O Diretor foi rápido pra caramba, hein? Ainda deu uma senhora melhorada na sua ideia do maternal!

– Pois é. Tomara que dê certo.

– O clima foi tenso durante o recreio lá na sala dos professores.

– Verdade? Quem falou isso?

– O Riobaldo! – Caloi arregalou os olhos.

– O incêndio é um baita problema! Por isso, apertou a gente tanto. Ele tem pressa. O Todo Poderoso tá numa enrascada. O desfile pode salvá-lo.

– Cara! O comedor de algodão doce vai manter o combinado?

– Bom! De certa forma, ele acabou de trair a gente. Já era!

– Cê tá brincando?

Léo ia explicar, quando:

– Rapazinho! Posso ver seu tornozelo? – Tião semicerrou os olhos.

Decerto, queria confirmar o sinal de suas unhas antes de arrastá-lo à Diretoria por estragar o jardim e quebrar os galhos do arbusto. Léo deu um passo atrás. O coração disparado. A respiração alterada. Não havia saída, pois o maldito o encurralava no canto do pátio. Faria o quê?

Nisso, Carlos Eloy ergueu o braço, como mágica, os novíssimos *Descoladianos* vieram em socorro. Cutucaram Tião em todas as partes do corpo, fazendo o coitado dançar uma dança bem louca. Na confusão, escapou. Restava saber até quando conseguiria fugir do teimoso soldado de faz de conta. Só que na nova fuga, trombou feio em alguém. Levantou os olhos, os ombros caíram:

Maria do Cão rosnava...

# DEMORÔ

– Chefia, essa gincana vai atrapalhar a gente! – Tigrão cruzou os braços.

– Fala baixo, seu paspalho! O moleque é de confiança?

– Claro! O Bié vai precisar de uma ajudinha nas notas. Tão burro quanto um jumento! – Tigrão abanou as mãos sobre a cabeça, imitando as enormes orelhas do animal.

– Pelos menos não sou um gambá fedorento! – O novato consertou a posição do boné.

– No meu caso, um banho resolve! Já a burrice... – Tigrão começou a rir.

Os dois se encararam olho no olho...

– Quietos! Me digam uma coisa. Essa porcaria de desfile foi mesmo ideia do Leonardo da 6ªA?

– Sim, chefia! O Caloi soltou o fuxico.

– O Carlos Eloy é um imbecil mentiroso. Dá pra confiar?

– O troço é verdade! Peçanha cobriu os dois de bronca. Para fugir da punição, o comédia sugeriu essa cáca.

– Garoto ordinário! O sucesso da campanha será o fim do meu plano.

– Chefia, posso dar uma surra no idiota? Já estou devendo uma sova por causa daquele troço de levantar quando chega adulto na classe. Desse jeito, perderei a minha melancia. – Tigrão acariciou a enorme barriga.

– Se essa pança estourar, sujará o mundo todo! – Bié abriu um sorriso de provocação.

– Cala essa boca, jumento!

– Vem calar!

– Guardem energia para usar mais tarde.

Os garotos trocaram olhares.

– Quanto à quinquilharia?

– Tigrão, mantenha guardado. Não interrompam os furtos. A insegurança precisa continuar nessa escola até o Peçanha cair.

– Chefe, a gincana vai ficar barato? – Bié perguntou.

— Nunca! Onde acham que irei descarregar a energia de vocês? Sabotaremos tudo!

Os três riram.

— Agora, sumam! Até amanhã, neste mesmo lugar e horário. Novos tempos virão para esta escola.

— Gente! Só um detalhe! O Léo está tentando salvar a pele da Isidora... — Tigrão levantou a lebre — Já vi os dois juntos algumas vezes. Cochichos ao pé do ouvido. Ela até fez corações para ele usando os dedos...

— Que bonitinho! Chegou a hora de contar para o Geraldo quem colocou fogo na sua maldita coleção de gibis. O idiota subirá pelas paredes.

— Daí, talvez, ele desista da gincana! — Bié sorriu.

Tigrão exibiu um olhar diferente:

— Caso um de nós for pego? Tá perigoso pra caramba!

— Morre sem entregar os companheiros. Essa é a lei! — O chefe encarou os moleques.

Tigrão pensou, enquanto coçava a nuca:

"Ué, se o plano der certo... A gente viverá?"

# AGORA É GUERRA

Depois da bronca da Maria do Carmo, Léo desistiu de voltar para a classe, onde a professora Silvia com certeza repassava os detalhes da gincana. Lá seria o primeiro lugar onde o monitor iria procurá-lo. Entregou o material escolar para Caloi e saiu de fininho. Procuraria pela Isidora na casa dela. O problema era passar pela portaria vigiada pelo maldito Sebastião antes de soar o sinal.

Escondido no jardim, pensava:

"Essa só pode ser a escola mais doida do mundo. Tem uma masmorra, canetas e estojinhos somem, a biblioteca pegou fogo, a secretária mentiu e depois cochichou a verdade, um garoto barrigudo tomou minha calculadora, uma aluna desapareceu sem nenhuma explicação, o monitor acha que é um soldado... E no meio desse hospício eu, por pura burrice, confiei o dinheiro do Diretor a uma menina chorona..."

Nisso, recebeu um cutucão nas costas:

– Brô!

As mãos esfriaram. Virou.

– Caloi! Você não devia estar assistindo aula, seu doido, em vez de me matar de susto? – Sussurrou.

– Vou embora também. Ou esqueceu da freada de bicicleta bem no meio da minha cueca. Preciso de um banho, tá ligado? Ou mesmo descartar a roupa de baixo na lixeira.

– Nojento! O que fez com o meu material?

– Entreguei para o Tiago.

– Cadê sua mochila?

– Entreguei para o Tiago.

– Quanto ao juízo, entregou para ele também?

– Para o Tiago? Tá louco! Aquele menino é um débil mental!

Léo correu as mãos pelo rosto antes de murmurar:

– Agora que somos dois, ficou difícil sair. Dividiremos as tarefas. Primeiro, precisaremos despistar o Tião, pois o maldito tá na tocaia. O que é bem próprio dele...

O cretino colocou a cabeça para fora da moita:

– Veja ali, a van da água mineral. Daqui a pouco, sairá de ré. Basta nos escondermos atrás e *bye-bye* escola.

– Caramba! Boa ideia! – Léo pegou a *bike*.

Na ponta dos pés, assumiram posições atrás do carro.

De repente, levou outro cutucão nas costas, agora bem forte:

– Ei! É brincadeira de esconde-esconde? Cadê todo mundo?

Ao reconhecer a voz do Tigrão, Léo pensou:

"Por que Isidora foi colocar fogo na biblioteca e fazer sei lá o que com o dinheiro do Diretor?"

– Ou me contam o que tá rolando, ou entrego a fatura para o Zé do Sino.

– Tigrão! Você também deveria estar na sala de aula!

– Brô, você é inteligente. Então tá! Eu conserto. Caso não me contarem qual é o bagulho dou um soco na fuça de cada um. Ficou bom assim?

– Puxa! – Léo chutou a roda da van.

Caloi falou sem entusiasmo:

– A brincadeira é a seguinte: quando o furgão for embora, sairemos junto, escondido do Tião.

– Caraca! E depois?

– Depois o quê? – Caloi meneou a cabeça.

– Nos esconderemos atrás outro carro para entrar de novo?

– *Hello*! Gênio! Einstein! A gente tá matando aula! – Léo falou entredentes.

– Legal! Tô dentro. Aliás, tô de lado. – O paspalho gigante sorriu.

Léo correu as mãos pelo rosto. Aquilo não ia dar certo.

Caloi tapou o nariz, pois o moleque gordo fedia de enjoar o estômago. Encaixou a pergunta:

– Quanto a sua mochila?

Tigrão sorriu:

– Mandarei uma mensagem de texto para o Tiago guardar pra mim.

Caloi fez cara de bolinho de chuva.

Léo suspirou longamente.

O gorducho mudou o assunto.

– Brô, sabe aquela calculadora? Acabou a bateria. O troço custa dez pilas! Maior roubo. Não tenho grana! – Estendeu a mão.

– Só tenho cinco! – Léo tirou do bolso uma nota amassada. Uma negativa podia fazer o moleque revelar o segredo da Isidora logo para o Caloi...

Carlos Eloy também contribuiu. Quem era louco de negar um favorzinho para aquele garoto do tamanho de um jogador de futebol americano?

Léo bem que quis ficar chateado, mas, não deu tempo. O veículo moveu em marcha a ré. Porém, o motorista curvou a manobra para sair de frente... Porcaria de vida!

— Matadores de aula! Hein? — De pé, ao lado do portão, o monitor balançou o sininho, que não fez barulho. O incidente avermelhou a cara do infeliz. Decerto, ele gostava muito daquele sinete irritante...

Caloi arregalou os olhos.

Tigrão abriu os braços.

Léo esmurrou as pernas.

O motorista da van riu.

Sebastião marchou na direção dos garotos. A boca espumava...

— Corre, pessoal! — Léo gritou.

*

Na fachada da casa de Isidora, havia só o buraco onde um dia existiu uma campainha. Janelas e portas fechadas. Coçou a cabeça. Pensou em ligar, foi quando deu conta de que não tinha o número do telefone, nem o perfil dela nas redes sociais. Cáca! Como pude esquecer de anotar. Preciso encontrá-la. E agora?

Bateu palmas, gritou pelo nome. Nada de resposta. A enorme faixa "Vende-se esta casa" encheu seu estômago de desconfiança...

Nisso, uma voz meiga ecoou:

— Ela não está!

Léo deu quase uma volta completa no pescoço, até avistar uma mulher na janela da casa em frente.

— Para onde foi todo mundo?

— Bem! Seu Alaor piorou, coitado. Levaram-no para o hospital de ambulância.

— E a Isidora?

A mulher derreteu em lágrimas antes de fechar a janela.

Léo pensou:

"A má notícia tinha um lado bom. Talvez ela não tenha sido expulsa. Assim, ainda posso salvá-la da culpa do incêndio. Já o seu pai..."

A vizinha não apareceu mais.

Pelo jeito, a pergunta "Onde está a Isidora?" continuaria sem resposta.

Olhou o vaivém dos carros, o céu cinzento, as pessoas espremidas no interior dos ônibus... No fim, chutou uma lata vazia de refrigerante.

Faria o quê?

O cérebro brilhou.

\*

Numa espécie de praça, bem em frente ao hospital, avistou Isidora sentada num banco. Jogou a bicicleta no gramado.

— Tudo bem?

Ela apenas o abraçou com muita força.

— Qual o problema? Fala logo!

— O meu pai... Ele piorou muito. Muito mesmo!

— Agora vai melhorar.

— Você não entende. Não temos dinheiro para pagar o tratamento particular. A fila no SUS é enorme. Aqui, só aliviam a dor...

Léo emudeceu.

— Como me encontrou?

— A sua vizinha me disse, antes de começar a chorar...

— Ah! Deve ser a dona Vera. Ela chora à toa. É uma tonta!

— Olha quem fala.

Isidora baixou os olhos.

— Fiquei apavoradão! Pensei que o Peçanha tinha te expulsado. Ou te trancafiado na masmorra.

— Também gelei quando fui chamada no sistema de som. Não era nada disso. A orientadora conversou comigo cheia de cuidados. Foram bons comigo. Deram-me água com açúcar. Por fim, um funcionário me trouxe aqui.

— Eu vi!

— Sério?

— Vi por um buraco na cortina...

— Uau! Tô boba. Escolhi a pessoa certa para me ajudar na trapalhada do fogo.

— Ah! Bem lembrado. Tenho uma novidade que te deixará feliz.

— Eu não gosto de ser feliz!

— Ficou louca? Todo mundo gosta! Rir é um santo remédio!

— Menos pra mim! – Isidora balançou a cabeça.

— Tô de cara!

— Simples! Fico feliz agora, daí a pouco me lembro dos problemas, volto a chorar. Pra ferrar tudo, vem esse troço do incêndio sem querer... Melhor é ficar triste o tempo todo. Aí não me engano... A minha vida é um problema atrás do outro.

Léo emudeceu.

— Bom, desde que possa continuar triste, pode contar.

— A minha novidade salvará você!

— Achou meu caderno? É isso? – A menina torceu o rosto para o lado – Fala logo!

Léo começou pela mentira do elefante até chegar à ideia da gincana, do desfile.

— Isso vai me salvar mesmo? – Isidora cumpriu a promessa, não demonstrou alegria.

— Claro!

— Humm! A nossa sala, onde ninguém se entende, unida? Duvido!

— Isidora! Acorda! Tá todo mundo animado. Quando digo todo mundo, é todo mundo mesmo.

— Todas as sextas séries?

— Todo mundo!

— O turno matutino inteiro?

— Boba! A escola todinha. Até os funcionários.

— Pode dar certo sim. Uma nova biblioteca fará todo mundo esquecer o incêndio. – Isidora deu mais um abraço em Leonardo.

— Essa é a ideia!

— E a coleção de gibis queimada?

— Aí, eu não sei.

— Tem ainda a grana do Peçanha...

— Inventei uma mentira onde deixei a sacola sobre a mesa da bibliotecária.

— Ele acreditou? O Diretor pode pensar que você catou o dinheiro. Ou... Espera! Não está desconfiado de mim, né? Eu deixei a sacola na biblioteca. Juro!

— Vamos deixar isso para depois!

Isidora virou o rosto, depois murmurou a pergunta:

— Quanto tinha no tal pacotinho?

— Ele não disse! Só sei de uma coisa. Para o plano dar certo, preciso de sua ajuda também. Nada disso de não gostar de ser feliz. Agora é guerra!

— Quanto ao meu pai? — Ela olhou para o hospital.

— A sua mãe cuida. Alegre-se!

— Por quê? Pra quê?

Léo agarrou os cabelos, apertou os lábios, olhou para o rosto dela, pensou: "Droga! Porque eu acho... Eu... Eu amo você!" — Em seguida, baixou os olhos.

Isidora o abraçou de novo, de um jeito diferente...

Borboletas formaram um rebuliço dentro da barriga. Viver precisava ser tão complicado? Viver podia ser apenas abraços, alegria, aulas cantadas, céu azul... Não fogo, dinheiro, sufoco, correria...

A garota voltou à posição no banco. Depois de olhar o canteiro de flores à sua frente, apertou as mãos de Léo como uma louca e sorriu o mais belo sorriso do mundo.

# CADÊ O ÔNIBUS?

Dia seguinte, depois do almoço, na porta da escola, quando todos os alunos foram dispensados do turno da tarde para prepararem a gincana.

– Foi loucura confiar ao Caloi o busão para levar a gente. – Léo roía as unhas. As outras salas seguiam na frente. Agora, ou buscavam patrocínio longe, ou ficariam sem nada.

– Estou derretendo neste sol! Pra mim já deu! – Priscila passou uma toalhinha no pescoço.

Amanda sorriu:

– Meninas, vejam aquilo!

Caloi balançava os braços à janela de uma antiga Kombi, de onde gritou, enquanto o carro era estacionado.

– Galera, os nossos problemas de transporte acabaram! Meu vô emprestou a Genoveva!

Surgiu o falatório.

– Cadê o ônibus? – Léo torcia as mãos. Aquilo não ia acabar bem.

– Não deu, brô! Não deu mesmo. De boa!

O volume das vozes aumentou ao reconhecerem a motorista.

– A Bete sabe dirigir essa coisa? – Fernando abriu os braços.

– Ela toca bem! – Caloi fez sinal de joia.

– Você não é menor de idade? – Amanda sorriu amarelo.

A grandalhona levantou o queixo.

– Tenho treze, sei dirigir numa boa! Sou a manobrista na oficina de papai.

– Pula dentro, gente! Ela dirige melhor que minha mãe! – O cretino sorria de orelha a orelha. Irresponsabilidade devia ser seu sobrenome.

Dudu abriu a porta da perua, deu um soco no ombro de Caloi:

– Fala sério, brô! Cê tá louco ou tem cáca no lugar dos miolos? Pensa. A sua velhota tem cento e quarenta e oito quilos e duas bursites, qualquer um ganha dela ao volante! Até a Bete!

A turma caiu na gargalhada.

A motorista rosnou.

Caloi fechou a cara:

— Dudu Peso Pena, deixa de *show*! Ela dirige bem, sim. Eu garanto!

A temperatura da discussão aumentou com entrada de mais gente.

Léo correu as mãos pelo rosto várias vezes. Além da necessidade dos brindes, havia outra preocupação: era questão de tempo até Caloi ou Tigrão morderem a língua e associarem o fogo à Isidora. Isso seria um perfeito desastre. De que forma a turma iria reagir?

Nisso, Fernando levantou os dois braços:

— Pessoal! Atenção! Essa perua pode levar a gente aos bairros afastados, onde as outras turmas não foram ainda! O problema é apenas a falta de confiança na motorista.

Alguém alegou:

— A Bete só tem tamanho! O Caloi é maluco!

— Eu tô fora! — Joaquim, sempre o mais ajuizado, elevou o braço.

Os demais Bundas de Ferro concordaram em não embarcar.

Léo mordia o lábio.

"Se a gincana não der certo, Peçanha vai voltar a procurar por um culpado para o fogo. Putz! Vai sobrar pra mim. Santa burrice confiar no Caloi..."

Isidora remexia as mãos.

— Gente, a Bete é a melhor em tudo: no vôlei, no gol, na corrida, na queda de braço... Deem uma chance para ela. — Caloi defendeu.

— No cuspe à distância, não tem pra ninguém, só dá ela! — Pedro Risadinha morria de rir.

Isidora examinava o relógio, segundo sim, segundo não.

Os alunos falavam alto.

Um suor frio escorria pelo pescoço de Léo. A Bete não tinha mesmo a menor pinta de mandar bem ao volante. Era apenas uma criança de pernas cumpridas. Foi quando a esperança surgiu na esquina, sobre um *skate*.

— Professor Rio! — Léo acenou.

Os colegas emudeceram.

O professor que dava aula cantando esbanjou agilidade ao descer da prancha.

— Uau! Kombão maneira!

Léo pensou: esse sim é o professor mais divertido da escola. Deu-lhe dois tapinhas no ombro:

— Eis o problema!

— Ela pifou? — Rioablo examinou o carro.

A turma fez uma roda para explicar o caso, feito um jogral.

— Demorô! Eu ajudo vocês! Vai ser legal dar um rolê nessa belezinha. — Mal terminou a frase, acomodou o *skate* atrás do banco do motorista. Enquanto isso, a turma ocupou cada espacinho da parte traseira.

Mas, a alegria nunca é alegre o tempo todo...

— Foi mal! — De cara, o *skatista* revelou ser o maior barbeiro do mundo ao passar uma das rodas sobre o canteiro central da via expressa. O motor urrava a ponto de explodir antes que o maluco trocasse a marcha, por causa disso, a carroceria tremia sinistramente.

Léo olhou para Isidora, pensou:

"Não fizemos uma boa escolha. Imagina um acidente envolvendo a turma inteira?"

A menina fez cara de bolinho de chuva.

Um barulho metálico.

Esticou o pescoço para espiar.

Acabavam de perder uma calota...

Caloi deu um tapa na testa.

Murmurou o lamento:

— Acho melhor a gente parar.

— Ficou louco, Leonardo? Parar no meio da via expressa? — Caloi não parecia tão confiante.

— *Relax*! Já, já eu me acostumo com o carango. — Riobaldo deu um peteleco na orelha do Joãozinho, companheiro de assento. Afinal, quem era doido de sentar perto do porcalhão naquela lata de sardinha?

Pedro soltou uma piada sobre baixa velocidade.

— Seu Riobaldo, um cachorro acabou de urinar na sua roda traseira!

O motorista baixou o pé no acelerador. A perua ganhou embalo aos poucos, ao ritmo da gritaria dos passageiros.

Alguém falou:

— Não tem jeito de andar reto?

O Professor Rio, decerto, ainda estranhava os pedais, a folga do volante, pois a perua seguia pela avenida quase em ziguezague.

Uma sirene ecoou próxima.

— Não quero nem ver! — Isidora tapou os olhos.

Os demais trocaram olhares.

Léo juntou as mãos:

"Deus, ajuda aqui!"

A sirene ecoou mais próxima.

Pedro Risadinha parou de rir.

*

Caloi gaguejava fonemas indecifráveis.

– Fiquem de boa! Eu tô sem a minha carteira de motorista, mas darei um jeito. – A fala do Professor lembrou o dia do incêndio, quando deixou todo mundo na mão...

Calos Eloy passou a apalpar os bolsos.

– Você também não trouxe os documentos da Kombi, né? – Riobaldo era um profeta.

Léo levou as mãos à cabeça.

Diante da tragédia anunciada, os passageiros iniciaram um novo falatório.

Caloi coçou o queixo. O cérebro rodava a mil tentando arranjar um jeito de escapar daquela encrenca.

– Garotada, acabou! Caímos nas garras do sistema. – O motorista debruçou sobre o volante ao ver o guarda sinalizar uma parada.

– Eu tive uma ideia! – O maior mentiroso da escola falou entredentes. – É a nossa única chance. Todo mundo pra debaixo dos lençóis, rápido! – Referia-se aos panos jogados na parte traseira, usados para proteger os bancos contra a poeira.

Todos protestaram ao mesmo tempo.

– Não discutam! – Em seguida, o cretino cochichou ao ouvido de Caga Osso, seu colega de assento na dianteira.

Riobaldo parou o carro cheio de cuidado, apesar do nervosismo visível. O policial demorou a examinar o enorme fone de ouvido pendurado no pescoço do *skatista*:

– Documentos do veículo, do condutor!

Caloi esparramou os dentes entre os lábios de um jeito que só ele sabia fazer.

Ao seu lado, Joãozinho gemia ao segurar a barriga...

Debaixo dos panos, decerto, havia só medo.

O oficial da lei passeou os olhos nos três passageiros.

O Professor Rio consertou a posição do boné. Em seguida, travou o maxilar. Foi quando Caloi entrou em ação:

– Seu guarda, precisamos chegar ao hospital. O nosso amigo tá na pior. É mega urgente!

– Qual é o problema?

— Uma dor de barriga daquelas! Perdeu até a cor.

— Ele me parece bem corado.

O mitomaníaco sorriu, apesar dos inúmeros delitos de trânsito:

— Seu guarda, nem queira imaginar o sofrimento do coitado. Só faltou colocar as tripas ao avesso. Uma coisa horrorosa.

O policial encarou o motorista, talvez à procura de crédito para a história. Na parte traseira, os lençóis continuavam quietos.

— Dor de barriga? — O militar deu a volta pela dianteira da perua.

Depois de um cutucão de Caloi, Caga Osso disparou um de seus torpedos arrasa quarteirão. Quando o guarda colocou o rosto na janela, voltou de olhos arregalados.

— Isso é uma arma química!

— Pois é! O troço parece grave. — Caloi respirava pela boca.

— Emporcalharam o planeta! — O Professor Rio tapou o nariz.

Daí, Caloi abusou da sorte:

— O senhor não poderia abrir caminho pra gente pelo menos até o centro da cidade? Tô preocupado pra caramba com o meu amigo!

— Claro! — O militar seguiu na direção da motocicleta.

Riobaldo sorriu, antes de cochichar:

— Agora, quero ver cachorro urinar na minha roda.

O guarda já havia ligado o motor, quando retornou à janela de Caloi.

— Mocinho! Caso não for uma emergência médica... Procurarei por você até o fim do mundo.

Caloi relembrou o sermão do Peçanha, as broncas dos professores, a cara feia da Maria do Carmo. Foi só uma mentirinha boba... Ah! O guarda não vai descobrir.

★

Na primeira parada, Léo desceu do carro, disposto a dar uma prensa no Caloi:

— Seu pateta! Fala sério! Pelo menos essa perua é mesmo de seu avô?

— Brô, salvei a pátria! Foi uma mentira do bem.

— Mentira do bem? Seu Maluco! Você mentiu para a polícia! — Léo revirou os olhos.

O restante da turma, de braços cruzados, fez uma roda.

— Pessoal! A Genoveva é do meu avô, sim. Só fui burro de esquecer o documento! — Apontou o bolso vazio da camisa — Poxa, é osso descolar um ônibus.

Restou a Genoveva. Agora, tá de boa. Temos um concurso para ganhar. Vamos nessa!

Riobaldo completou:

— Ei, me desculpem pela carteira. Não imaginei a polícia na parada. Foi bem quando começava a pegar as manhas da Genô.

— Então tá! Beleza! — Léo olhou em volta, pensou:

"Não eram perfeitos, mas aquela era a tal equipe mistureba."

Na sequência, usou da malandragem: se o dono de uma loja fosse homem, as meninas pediam os brindes. Quando mulher, Mosca e Fernando assumiam a tarefa. Ele e Caloi só seriam escalados para explicar o objetivo da gincana para um empresário mais curioso. Os demais armazenavam as doações na Genoveva.

A estratégia funcionou bem. Pelo menos, quase sempre ganhavam alguma coisa. A surpresa foi os jornais da manhã noticiarem a ação dos alunos para reconstruir a biblioteca. Esse detalhe ajudou bastante.

Algum tempo depois...

— Turma! A ideia de buscar patrocínio longe salvou o dia. Conseguimos até camisetas para nossa equipe. — Fernando era só sorriso.

— Sem falar, que tá divertido! — Os olhos de Isidora brilhavam.

— Ela fala! — Pedro Risadinha voltou a rir.

Todos acompanharam. Uns riram alto, outros taparam a boca.

Isidora levou as mãos na cintura, riu também.

Léo deu conta do detalhe. Já era dois dias sem lágrimas da menina chorona. Um bruta avanço. Seu Alaor ajudou, pois voltou para casa bem melhor. Além disso, era a primeira vez que a desunida 6ªA trabalhava em grupo. O incêndio começava a mostrar seu lado bom.

O chato da vida: ela não dá certo o tempo todo...

— Turma! Não é aquele guarda da via expressa no começo da rua? — Priscila retorceu o nariz para dar o alarma.

*

— Caraca! — Tal a maioria da turma, escondido dentro do supermercado, Léo espiava pela janela. Era sim o mesmo policial. Ele desceu da motocicleta, bisbilhotou a Kombi, olhou em volta, retirou o capacete. Pronto, a maldita mentira do bem do Caloi arrumou um problemão... Com certeza, a masmorra do Peçanha virava a casa da avó perto da cadeia pública.

O guarda passou a caminhar justo na direção do supermercado...

# EU NEM SOU BONITA

Algum tempo depois, próximo à casa de Isidora.

— Léo, seu plano para escapar do guarda foi ótimo! Quem estava debaixo do lençol saiu pela porta da frente do supermercado. Os outros, pelos fundos. O Caloi jurou de dedos cruzados que vai arranjar um motorista de verdade para buscar a Genoveva. Ainda bem que você pensou rápido.

— Tomara que o Professor Rio, o Caloi e o Joãozinho tenham conseguido fugir. Estou preocupado.

— Deu certo, sim! Sair pelo local de carga e descarga foi perfeito. Daqui a pouco, a turma dará notícia pela rede social. Agora, que foi loucura, ah, isso foi.

— Tô fora de outra aventura igual.

— Idem! Na hora de correr da polícia, a gente não pensa em nada... — Depois de sorrir, lançou a pergunta à queima-roupa:

— Porque você não entra no concurso?

— De Miss Estudantil?

— Sim! Cada sala pode ter quantas candidatas quiser.

— Ficou maluco ou o quê? Nem sou bonita!

— Deixa de show! Afinal, deve ser igual a correr da polícia. Na passarela, basta não pensar em nada.

— Então tá! O que vou vestir, espertinho?

— Caramba! Você deve ter algo legal...

— Tô boba! Já vi que não entende nada do mesquinho mundo das meninas.

Léo a encarou.

— Eu não posso desfilar usando algo legal! Para as garotas, roupas, maquiagem, sapatos, são armas! A gente se arruma para desafiar as outras!

— Seja um tanque de guerra!

— Para tanto, a gente precisa assaltar as boutiques do *shopping*...

— Posso pedir ajuda para minha mãe! Ela tem solução para tudo!

— Será? Você confia demais nela...

— Duvida? A quem puxei para ter tantas ideias?

Isidora descansou a mão num lado do rosto.

— Tem a porcaria do troço de vender votos... As candidatas que arrecadarem mais dinheiro serão classificadas. Será difícil pra caramba!

Léo prometeu vender um monte rapidinho. Na cabeça dele, todo mundo vai querer ajudar a reconstruir a biblioteca!

— Caraca! Será? Só a gente vendendo acho que nem me classifico. Passarei vergonha! Na classe, ninguém conversa comigo direito. Caso saibam a verdade, adeus gincana. As malditas *barbies* riem de mim... Melhor não.

— Isidora! Tenta!

Um abismo engoliu a conversa.

A menina mordeu o lábio inferior.

Léo juntou as mãos em súplica.

— Seguinte, vamos ver primeiro a ideia de sua mãe. Aí, eu decido.

Léo fez festa.

— Tem um problema!

— Qual?

— Um problemão! Dos bem grandes...

— Qual?

— Se eu ficar muito bonita? Tipo, de parar o trânsito? — Ela arqueou as sobrancelhas, cruzou os braços, fez beicinho.

Borboletas voltaram a bater asas dentro de sua barriga.

# MÃES TÊM SOLUÇÃO PARA TUDO

Em casa, Léo pediu ajuda.

Dona Ângela deu uma olhada em Isidora, encarou o filho tal perguntasse: o que isso significa afinal?

As mãos suavam.

A avó Luísa chegou a tempo de salvar o dia.

— Eis a famosa Isidora?

— Famosa, eu?

— O meu neto fala de você o tempo todo! Inclusive citou o tal concurso.

A garota o olhou de lado.

Léo enfiou as mãos entre as pernas.

Dona Ângela sorriu, decerto entendendo o caso:

— Bom! — Deu uma volta em torno da menina. — Então, dona Luísa? O que podemos fazer?

— Ela vai precisar de uns cuidados...

— Ou seja, vou passar vergonha.

— Calma! Já fui Miss na minha cidade natal.

— Sério, vó?

— Sim! O prêmio foi uma viagem ao Rio de Janeiro. Nem o Cristo Redentor existia...

Risos.

— Boas lembranças, mas fui proibida de curtir o passeio. Pais! Mães! Se preocupam demais! Acho que vou gostar muito de ajudar você. Além do quê, levantar das cinzas uma nova biblioteca é um belo de um prêmio.

— O meu caso tá complicado. Falta o vestido, o meu cabelo tá igual a vassoura da Prefeitura...

Todos riram de novo.

— O importante é o pulo do gato, filha! — Os olhos de anciã brilharam.

— Pulo do gato? — Léo arqueou as sobrancelhas.

Isidora franziu a testa.

Dona Luísa abriu as mãos ao lado do rosto.

— Desfilar é uma pintura. A passarela, a tela. O seu corpo magrinho, bem ensaiado, o pincel do artista. Entendeu?

— Quem vai me ensinar tudo isso?

— Euzinha! Quem já foi Miss não perde a majestade.

A menina bateu palmas.

Léo ficou um bom tempo sem piscar.

— As outras são muito mais bonitas!

— Bobagem, querida. Rostos bonitos não ganham faixa. Um bom conjunto, sim! Sem conhecer a concorrência, aposto no mínimo uma terceira colocação!

— Jura?

— Claro! Ninguém será tão bem preparada.

— O desfile será em duas semanas.

Risos.

Isidora murmurou sobre a venda de votos.

A leoa-mãe prometeu dar um jeitinho.

Léo assumiu a campanha na *internet*.

— Um monte de gente me acha feia, esquisita. A maioria das meninas nem conversa comigo... Seria bem legal dar a volta por cima.

Vó Luísa afagou o ombro da garota.

— Não falei? As minhas duas mães têm solução pra tudo!

A gincana seria um sucesso. Léo tinha quase certeza. Talvez, até sobrasse uma merreca para repor a grana do Diretor. O que seria demais. A conversa foi interrompida pela campainha. Ângela foi atender.

Léo estranhou o sorriso da avó, tal escondesse alguma surpresa.

Isidora espiou também. Ao contrário dos demais, virou uma estátua antes de murmurar:

— É a minha mãe!

— Você a convidou? — Léo grunhiu.

— Não! Caraca! Como ela me descobriu aqui?

Léo teve vontade de ir ao banheiro. A sensação ruim piorou quando a mulher parou na porta de cara feia, as mãos na cintura... Depois de tanto esforço, só faltava ela arrastar a filha porta afora, feito uma louca.

Isidora fez cara de quem engolia um remédio amargo.

"Alguém pode dizer o que tá acontecendo?" — Léo pensou.

Ângela sorria amarelo, talvez fizesse a mesma pergunta.

A estranha visitante deu outro passo. Agora, lembrava muito uma certa professora de matemática irritadiça...

# COPIADO

Dias depois.

— Chefia, o plano ficou maneiro! — Tigrão sorriu, louco para colocar logo a mão na massa.

— Já estou até vendo a cara de lesado do Diretor. Perdeu, *tiozão*! — Bié socava as mãos.

— Vocês não conseguem falar baixo?

— Foi mal, chefia. — Tigrão tirou o boné.

— Pois bem. Se cada um cumprir a sua parte à risca, o desfile será um desastre. Sem uma nova biblioteca, o Peçanha está fora. Aí, culpamos a manteiga derretida pelo incêndio e retiramos de cima da gente qualquer suspeita.

— Coitadinha da Isidora nada charmosa! — Tigrão começou a dançar.

— Pô, será massa passar de ano! — Bié sorria.

— A reunião está encerrada. Atenção: caso algo dê errado, quem for pego não entrega o outro.

— Se tudo der certo? — Tigrão soltou a pergunta espinhenta.

O chefe gaguejou.

Tigrão fechou a cara. No fim, sorriu sem graça. Agora, já não achava tão garantido confiar naquele plano... Um problema com duas incógnitas surgiu no seu pensamento... $X^1$ ou $X^2$? Ai! Odiava matemática mais que tudo na vida.

# BRINCA, NÃO!

Léo pulou cedo da cama na manhã do dia do desfile. Depois de duas semanas vendendo votos, correndo atrás de detalhes, tinha certeza do sucesso. Inclusive, já se sentia curado do trauma provocado pelo acidente da prima. Além disso, Isidora se esforçou muito. Algo dentro dela parecia desejar a vitória. A sensação do sonho realizado quase visível nos seus olhos...

– Bom dia, sol! – Gritou diante do céu azul.

Veio a lembrança: a chegada de surpresa da mãe de Isidora naquele dia foi uma armação da avó Luísa. As duas eram companheiras de quermesse. A cara fechada foi pura brincadeira. No fim das contas, topou ajudar. Na hora deu medo. Duas Marias do Cão, ninguém merece.

O incêndio não foi de todo ruim. Não foi mesmo... Sorriu, a caminho da escola. Ao invés do dia inteiro de aula, trabalhariam nos preparativos finais.

No meio da manhã, o evento já tomava forma. O entardecer ficou cinza. O frio veio firme. O tempo esquisito trouxe à lembrança o incêndio, o corre-corre, os gritos do Tião...

– Gente, alguém sabe das embalagens dos bombons? – A professora Silvia o acordou do transe.

– Pode deixar, eu pego! Vou precisar de mais cartolinas. – A voz dele saiu engraçada, pois segurava a tampa de um pincel hidrocor entre os dentes.

A tarefa, a princípio fácil, complicou: um novo furacão varrera a sala. Prendeu o fôlego ao ver caixas, carteiras, material, tudo fora de lugar...

– Tiago! As embalagens dos bombons estão perto de você?

– Sei não, brô! Até o rolo de barbante criou asas...

Léo voltou para a barraca e esparramou a má notícia.

A professora sussurrou:

– Brinca, não! Guardamos o material na sala, hoje pela manhã.

– Pois sumiram. De boa!

Amanda entrou na conversa.

– Elas estão numa grande caixa de papelão azul.

– Encontrei a caixa vazia. – Léo abriu os braços.

— Foram roubadas? — Amanda juntou as sobrancelhas.

— Quem iria roubar um monte de papéis coloridos, folhas de cartolina? — Pedro Risadinha achou graça.

— Vai saber! Não bastavam as canetas, os estojinhos? — Clarice palpitou — A escola foi tomada por bandidos! Credo!

A professora murmurou sobre a quantidade de fregueses. Perderiam vendas.

— Isso tá com cheiro de sabotagem! — Joaquim, um dos bundas de ferro que ajudavam no funcionamento da barraca, arqueou uma das sobrancelhas. O dinheiro e o estoque estavam por conta deles.

Nisso, o vento frio ergueu um redemoinho de poeira escura bem em cima dos destroços da biblioteca. O céu cada vez mais cinza.

Não é justo. Sonhos devem ser sonhos até o fim, em vez de virarem pesadelos de repente... Droga! Um arrepio percorreu a espinha. Depois de olhar em volta, partiu de novo rumo à 6ªA. Os passos nervosos trituravam o piso do pátio. O corpo suplicava por um banho...

# A BRUXA E O CALDEIRÃO

— Sabotagem? Desde o incêndio coisas sumiam nas carteiras... Quem não desejaria uma nova biblioteca na escola? — Léo pensou alto. A nova busca na classe terminou em susto, encontrou as cartolinas amarrotadas e o rolo de barbante no fundo da lata de lixo. Quanto aos papéis de bombons, nem sinal...

— Caraca! Joaquim tem razão! Alguém está puxando o tapete da 6ªA. Só pode ser isso. — No caminho de volta, um novo susto. Jurava ter visto um vulto. Apesar do medo, voltou alguns passos; da quina do prédio, espiou o fundo corredor. A estranha sombra reapareceu. O coração batia forte. Melhor chamar um adulto? Talvez não seja nada. O medo faz a gente imaginar coisas.

Espiou de novo, assim que os olhos contornaram a penumbra, o troço ficou absurdo, agora enxergava uma bruxa a remexer um caldeirão...

Teve vontade de rir.

— Isso é um desfile de beleza! *Halloween* é no final de outubro. Então, só pode ser brincadeira! Seria divertido dar um susto nessa criatura. Talvez fosse o maluco do Riobaldo vestido de mulher. Bem a cara dele. — Aproximou-se na ponta dos pés.

— Não acredito em feitiços... — A sua voz perdeu força quando, de perto, o caldeirão virou um balde plástico.

Na contraluz, a tal bruxa gritou:

— Por mil demônios! Acabou de chegar o ingrediente principal!

Antes que pudesse entender o caso, Léo foi empurrado para dentro de um alçapão aberto no piso de cimento para dentro de um reservatório subterrâneo. Aquela queda não tinha pinta de ser uma brincadeira do Professor Rio. As paredes e a água gelada pela cintura eram reais. Para piorar o pesadelo, a bruxa gargalhava.

# NÃO DESISTIREI

O sorriso da vitória antecipada surgiu nos lábios. Agora, já pensava no próximo passo.

– Está confortável, enxerido?

– Dona Maria do Carmo? Eu...

– Cala essa boca, pestinha de uma figa!

– Me tira daqui! A brincadeira não tem graça nenhuma.

A professora aproximou o rosto do buraco no piso.

– Nunca brinco, seu pateta! Quem mandou atrapalhar meus planos? Devia ter ficado quietinho no seu canto. Raios! Tudo para salvar aquela chorona detestável.

– O incêndio da biblioteca foi um acidente.

– Imbecil! Aquela garota é desiquilibrada. Enganou você. Enganou todo mundo! Menos a mim. Já contei a verdade para o Peçanha!

– Não!

– Mas, o idiota não quis saber. Depositou a tola esperança na ideia de um tal de Leonardo. – Ela parou para ouvir o anúncio do início do desfile, conferiu o relógio de pulso.

– Eu não fiz nada! – Léo arregalou os olhos.

– Após desmantelar esse evento, o Diretorzinho fubá perderá o cargo. Então, eu, a segunda colocada na última eleição, serei a nova Diretora. Daí, jogarei a culpa do incêndio nos ombros da Isidora. Tudo resolvido!

– Isso não é justo!

– A escola será do meu jeito: uniformes brilhantes, aulas silenciosas, despedirei o maluco do Riobaldo. Odeio aulas cantadas! Os alunos me prestarão continência "Sim, senhora! Não, senhora! Sentido! Direita, volver!". Torturarei os desobedientes na masmorra. – Maria do Cão soltou outra gargalhada.

– A senhora pôs fogo na biblioteca!

Ela riu.

– Garoto inteligente! Só aproveitei a oportunidade. Detrás de uma prateleira, vi quando a chorona esqueceu o caderno ao sair correndo. Olhei em volta, liguei a máquina de derreter resina no máximo. Derramei sobre ela os papéis do cesto de lixo. Sobre a mesa da Catarina havia dois frascos de álcool. Nem nos meus sonhos, podia imaginar um plano tão perfeito.

— Quanto ao dinheiro?

— Dinheiro?

Léo explicou sobre o tal embrulho roxo.

— Bandida! A Isidora saiu da biblioteca segurando esse embrulho. Além de piromaníaca, é uma ladra. Meninos, homens... Não resistem a lágrimas de uma mulher. Nós temos mesmo o dom de iludir...

— Isso é mentira! A senhora roubou o dinheiro também.

— Ora! Ora! Lá tenho um pai doente? Visto *jeans* rasgado para vir à escola? Uso uma mochila surrada? A camiseta do uniforme, então... Pateta! Ela precisava muito daquela grana.

— Contarei para o Diretor! Tomará um corretivo daqueles.

— Estou morrendo de medo. Será a sua palavra contra a minha. Nada manchará a ficha da futura Diretora... Aliás, o Peçanha já era. Ele não poderá lhe ajudar.

Léo quis falar, Maria do Carmo não deixou:

— Na última eleição, a diferença foi de um voto! O que fez o demente? Pintou o prédio, encheu o lugar de jardins. Isso é administrar? — Enquanto falava, jogou o líquido do balde, que vinha preparando, dentro do tanque.

A água do tanque ficou amarga, de causar náuseas.

A megera retomou a fala:

— A garota detestável me deu de presente a ideia do incêndio. O golpe arrasou o Peçanha. Daí, me aparece esse tal Concurso de Beleza para reconstruir a maldita biblioteca. Essa besteira de "Juntos, podemos mais"! Que ódio!

Léo começou a chorar silenciosamente.

— Diretorzinho de faz de conta! Provarei a sua incompetência. Além de todos os problemas, veja a imundície da água. Quantas folhas de boldo. Deve haver até baratas! Credo!

Lágrimas abundantes escorriam pelo rosto. A saliva pegajosa.

— Daqui a pouco, as nossas pobres crianças experimentarão essa porcaria nos bebedouros. Pior, as cantineiras utilizarão dela para fazer as guloseimas. Será o fim total dessa festa idiota.

— Professora, não faça isso! Não contarei para ninguém, juro!

— Sei! A sua mãezinha querida pode morrer atrás da porta. Eu lá ligo para isso. Nem mãe eu tive!

— Eu vou gritar!

— Perda de tempo. — Maria do Carmo conferiu de novo o relógio — Agora, preciso esvaziar um cofre. Imagina o escândalo: certo velhaco também levou todo o dinheiro arrecadado pelas candidatas Miss. O sujeito é um perfeito bandido!

— Gritarei! Não vou desistir. Não vou...

Ela encarou o prisioneiro:

— Pago para ver, pestinha!

Por fim, baixou a tampa do alçapão, quebrou a chave dentro do cadeado. "Ninguém vai lhe ouvir. Adeus!" Ligou a moto bomba.

"Suba água amarga, vá para as torneiras e bebedouros, arrase esse evento idiota."

Léo esmurrou a tampa.

A despeito dos murros do garoto, Maria do Carmo abriu um registro próximo. Daí, gargalhou, enquanto quase dançava.

★

A professora Silvia abriu os braços:

— Alguém sabe do Leonardo?

—Voltou para procurar as embalagens! — Pedro apontou na direção da classe.

Enquanto falavam, as barracas concorrentes fervilhavam de clientes.

Silvia cochichou para Caga Osso, Tiago e Caloi:

— Garotos, vão atrás dele. Rápido! Tenho um mau pressentimento... Odeio quando isso acontece. Enquanto isso, improvisarei as embalagens. Estamos perdendo vendas!

# O TEMPO NÃO PARA

O barulho do esguicho de água fez Léo desistir dos murros na tampa do alçapão. Ao invés disso, gritou forte várias vezes. Não houve resposta. Agora, precisava da melhor ideia de todas... Ou morreria ali.

A primeira decisão foi parar de chorar. Depois, mediu quanto faltava para a caixa encher: três palmos. Em seguida, apalpou o bolso da calça.

– O pincel atômico! – Tentou enxergar, na concha das mãos, a caneta de ponta porosa usada para fazer a tabela de preços da barraca. Ela podia colorir a água de azul! Isso chamaria atenção nos bebedouros. Assim, alguém o salvaria daquela encrenca. Lera algo parecido em um livro. Enfim, uma super ideia. As lágrimas secaram...

Enquanto desmanchava a bendita caneta, descobriu outros dois inimigos: o tempo, a faixa de ar ficava cada vez menor e a escuridão não o deixava ver se a água ficaria azul o suficiente...

*

Os *Descoladianos* invadiram a 6ªA:

– Puxa! Nem a minha cama é tão bagunçada. – Caga Osso entrelaçou os dedos atrás do pescoço.

Tiago disse para os amigos:

– Melhor cada um ir para um lado... Rápido!

Saíram gritando o nome do amigo.

# O CRIME ELEITORAL

Na penumbra da sala da Diretoria, Maria do Carmo vasculhava as gavetas da mesa. Precisava levar o dinheiro dos votos. Sem ele, o Peçanha afundará de vez...

— Achei! — Esfregou as mãos.

— As chaves? — Bié abriu a expressão do rosto.

— Não, achei um carrapato! — Maria do Carmo não confiava nos auxiliares. Eles sabiam demais. Seriam um problema no futuro. Por fim, girou a fechadura.

Tigrão vibrou os punhos à frente da boca.

— Maravilha! — Ela sorriu diante dos vários pacotinhos transparentes, cheios de cédulas miúdas.

— Vamos levar tudo? — Bié, decerto, esqueceu a bronca anterior.

— Claro, né! — A frase de Léo prometendo não desistir ainda martelava dentro de sua cabeça. Conferiu o relógio. "A caixa já deve estar cheia." Sorriu de novo.

Tigrão ria baixinho.

A chefe deu outra ordem.

— Vamos dar o fora!

Tigrão cuidou de transportar o dinheiro. Bié, de abrir o caminho. Nisso, o atrapalhado bateu a porta.

— Garoto estúpido!

Maria do Carmo ficou momentaneamente presa na sala da Dolores, pois o estrondo poderia ter chamado a atenção de alguém.

Dito, feito.

Barulho de passos.

Ela cerrou os punhos antes de se esconder atrás de uma mesa. Sussurrou: "Será o maldito bode velho?"

Um foco luminoso passeou pelo interior da sala, através da vidraça.

"Merda!"

A maçaneta da porta estalou.
A prisioneira caiu de joelhos...

★

No tanque, Léo tremia de frio. O nível da água já atingia seu pescoço... A grande dúvida persistia:
"Será que a água ficou azul?"

# COR DE ANIL

Dolores foi a primeira adulta a perceber um alvoroço na fila do bebedouro. Avisou nas barracas sobre o fenômeno. Na cantina, encontrou as cozinheiras inquietas também com o sabor amargo.

— Não usem essa água de jeito nenhum!

Em seguida, avistou o monitor, de lanterna em punho, na porta da Diretoria. Correu até ele.

— Tião! Vem depressa. Preciso de sua ajuda.

— Mas alguém bateu a porta da sua sala. — Mostrou uma penca de chaves — Preciso verificar!

— Foi o vento! Deixa isso para depois. Temos um problemão.

O monitor trancou a dita porta e acompanhou a secretária. No caminho, tomou ciência do líquido estranho nas torneiras. Sem perda de tempo, subiu a torre, jogou o facho de luz dentro da caixa superior:

— Tá azul aqui também! Nunca vi isso em toda a minha vida! — Fechou o registro geral.

Seguiram para a portaria da escola. Lá, próximo ao hidrômetro, a água jorrou cristalina na torneira.

— Diacho de coisa esquisita! — O velho coçou os cabelos grisalhos.

Dolores mordeu os lábios.

★

No tanque, Léo esticava o pescoço para respirar...

★

Na quadra, o bingo seguia animado.

★

Nos bastidores, as candidatas finalizavam detalhes.

★

Sem imaginar o furto dos votos ou a tragédia no reservatório, Peçanha assistia à festa. Quando soube da água azul, saiu sem alarde.

★

Léo mantinha o equilíbrio na ponta dos pés. Ao ouvir alguém gritar seu nome, bateu na tampa do alçapão:
— Estou aqui! Socorro! Socorro!

★

Ao descobrir a porta trancada, Maria do Carmo soltou uma saraivada de palavrões.

★

— Cara! O maldito Zé sem Sino trancou a secretaria! E agora? — Escondido no jardim, Tigrão suava...
— Foi mal! — Bié deitou na grama, atrás das plantas altas.
— Pô! Você é mesmo um burro infestado de carrapatos. — Tigrão apertou os punhos.
— A casa caiu? Foi?
— Ainda não. Só sei de uma coisa, brô, ou resolvemos esta bronca ou...
— Relaxa! Se for presa, a chefe morrerá sem dedurar a gente!
— Eu não confio! Precisamos abrir aquela porta! — Tigrão baixou os olhos. Tentou pensar em algo. Coçou a cabeça. Apalpou os pacotes de dinheiro. Caso fosse descoberto com aquela carga, seria preso por roubo...
— Fica de olho, Bié! — Socou a grama e partiu.

# JESUS, MARIA, JOSÉ

Depois de rever mentalmente o encanamento do prédio, Sebastião puxou o braço de Dolores.

– Espera! Tem ainda um lugar pra gente conferir.

– Calma! – O salto alto a impedia de andar rápido.

No tal lugar, no fundo de um beco, o foco da lanterna mostrou um alçapão. Tião coçou a cabeça.

– Quebraram a chave dentro do cadeado!

– E? – A secretária elevou as sobrancelhas.

Tião deixou a pergunta sem resposta. Usou uma chave de fenda e um martelo, retirados da sua cinta de ferramentas, para arrancar os pinos das dobradiças da tampa. Jogou o foco de luz na lâmina d'água.

– Ela tá bem menos azulada.

Dolores também ajoelhou:

– Tião, veja quantas folhas na superfície!

– Folhas? – o homem recolheu uma amostra. Passeou o foco em volta até parar num pé de boldo desfolhado. Agora sabia de onde vinha o amargor. O mistério continuava para a origem da cor azulada...

Após se apossar da lanterna, a mulher gritou:

– Tem algo grande boiando ali no canto!

O monitor enfiou o braço no tanque.

– Jesus, Maria, José! É o molequinho!

Dolores começou a chorar.

Depois de encostar o ouvido no peito de Léo, Sebastião arregalou os olhos, trêmulo...

# HEIN?

Acomodada em uma mesa próxima à passarela, dona Luísa, a todo instante, vigiava o entorno, à procura do neto. Caso Ângela e Arthur soubessem o real motivo do filho inventar aquele desfile, teriam um troço...

Ficou ainda mais nervosa após flagrar a carinha de Isidora enfiada na greta da cortina do palco. Decerto, a sua linda pupila também buscava a mesma pessoa.

A cisma chegou ao nível máximo quando enxergou o Diretor sendo arrastado por um grupo de alunos. Algo grave acontecia. O semblante das crianças insinuava encrenca. Bem conhecia aquelas carinhas. Abandonou a cartela de bingo, derrubou um copo.

— Tudo bem, mãe?

— Arthur, você sabe do Léo?

— Ele não está na barraca?

— A senhora está trêmula! — Foi a vez da nora.

Dona Luísa encarou os dois, antes de quebrar a promessa feita ao neto quando confessou a possível autoria suspeita do incêndio.

— Hein? O criminoso pode não ter gostado nada dessa gincana! Puxa vida! A senhora só nos fala isso agora?

Dona Luísa retorceu os dedos...

Ângela e o marido saíram apressados.

# REAJA!

Diante da cena de um menino de roupas molhadas, desfalecido na borda da abertura da caixa subterrânea, Peçanha prendeu o fôlego, antes de iniciar o processo de reanimação.

– Vamos, garoto! Reaja! Reaja!

Virou para o monitor.

– Alguém sabe me explicar essa loucura? As roupas dele estão azuis!

Tião abriu as mãos.

Enquanto isso, na quadra, o locutor anunciava as dez finalistas. Entre elas, Isidora.

Daí, para alegria de todos em volta, Léo cuspia as primeiras golfadas de água. Acomodaram-no numa sala aberta pelo Tião.

Dolores, além de trazer toalhas e algumas peças de roupa do bazar, trouxe junto os pais do garoto.

– Deus! Deus! Foi por um triz. – Peçanha suspirava.

Arthur e Ângela pareciam não acreditar.

Léo murmurou o nome da agressora.

– Maria do Carmo? Ela seria capaz de tamanha covardia? – Dolores jogou a pergunta no ar.

– Alguém sabe dela? – O Diretor deu lugar para um médico localizado entre os participantes do bingo, por uma professora.

– Ela está na barraca da 7ªC. – Respondeu um aluno obeso, cabelos amarelos, argolas nas orelhas, um dos primeiros curiosos a aparecer.

Peçanha ordenou:

– Tião, traga ela aqui, agora! Quero fechar a história.

Antes de sair, o monitor demorou os olhos no moleque gorducho.

Apoiado no colo da mãe, exibindo uma melhora significativa, Léo contou toda a história. Ao fim, concluiu:

– Então, tive a ideia de colorir a água.

– Você salvou a noite! – A secretária exclamou.

Peçanha revelou outra bomba:

— Após esse susto, tenho uma notícia chata. Apesar de tamanho esforço, não conseguiremos reerguer a biblioteca.

— Mas o evento é um sucesso! — Um pai de aluno exclamou.

O Diretor baixou os olhos.

— O dinheiro arrecadado mal dá para o básico...

— Não pode ser! — Dolores arrastou as unhas pelo rosto.

— Reconheço a luta dos alunos. O Leonardo quase... Entretanto, é uma obra muito cara.

Seu Arthur, sem dizer nada, saiu apressado.

— Aonde você vai, querido?

Não houve resposta.

— Seu Peçanha! Quase me esqueci...

Todos viraram para Léo.

— A Maria do Carmo roubará o dinheiro dos votos!

\*

Léo detalhava a maldade da bruxa da matemática, quando o monitor retornou com a notícia:

— Ninguém sabe dela! Aquela doida de pedra sumiu. Cadê o chefe?

— Foi para Diretoria. — Ângela apontou.

Tião saiu apressado.

O sistema de som anunciou Isidora entre as finalistas.

Léo sorriu para a mãe. Pelo menos algo seguia conforme o combinado.

— Se ela prestou atenção nas aulas da Vovó Luísa... O terceiro lugar tá no papo.

— Isso, sim, seria bom demais! Iria calar a boca de um monte de gente...

— Você gosta dela, hein? — O olhar da leoa-mãe brilhava.

— Não sei direito! Ela lembra a Dani... Só isso.

— Aquele acidente foi chato.

— Horrível ao cubo!

— A vida tem dessas coisas!

Pausa.

— Imagina se o patinho feio ganha?

— Patinho feio? Você não a reconheceria! — Ângela riu.

Léo emudeceu.

— Ela pôs a Daniela debaixo do chinelo.

— Jura?

— Filhote... Prepare-se para fortíssimas emoções!

Ele relembrou a pergunta de Isidora sobre a hipótese de ficar muito bonita. Puxa... Devia ter respondido alguma coisa...

★

Agora, pensava sobre a possibilidade de estar apaixonado. Contudo, para bagunçar seus pensamentos, lembrou-se da Maria do Cão acusando a coitada de furtar o dinheiro da sacola. Respirou fundo.

No sistema de som, o colega Fernando iniciou a locução das notas finais das candidatas. Achou legal da parte do Peçanha dar essa chance para o menino de voz grossa. O carinha nasceu para os microfones. Pensou, enquanto torcia.

— Mãe! A terceira colocada é da sétima. Só falta a Isidora ganhar. Imagina.

— Tomara. Ela ensaiou de fazer bolhas nos pés.

"Senhoras e senhores, a grande surpresa da noite! A vice-campeã é Isidora Mendes!"

— Caraca! Segunda colocação!

Léo só parou de comemorar, quando ouviu a voz do pai nos alto-falantes:

— Os nossos filhos não lutaram em vão! Apesar dessa maravilha de evento organizado por eles, acabei de saber que os fundos arrecadados não serão suficientes. Contudo, o sonho de uma nova biblioteca não pode morrer. Convoco todos vocês! Essa luta também deve ser nossa! Vamos precisar de tijolos, cimento, areia, tinta, horas de trabalho. Façamos um mutirão! Juntos, podemos mais!

★

— Puxa! Até papai entrou na campanha, será que depois de tudo acabaremos sem uma biblioteca? Não dá para entender. — Mirou um ponto qualquer do teto.

Ângela o abraçou.

As lágrimas aumentaram quando Isidora surgiu à porta da enfermaria improvisada. A faixa prateada de vice-campeã brilhava.

— Uau! Caramba! Você ficou linda!

— Quem diria, agora eu sou a segunda menina mais bela da escola! Hein? — Ela piscou os dois olhos.

— Bendito incêndio! — Vó Luísa chegou.

Léo ganhou um abraço apertado da miss. Apesar da alegria, um pensamento o incomodava: ela levou o dinheiro do Peçanha?

Nesse ponto:

— Ângela, fui atingido! — Seu Arthur surgiu na porta da sala e caiu.

Léo travou os dentes.

Isidora levou as duas mãos à boca.

Em seguida surgiram alguns colegas, a professora Silvia. Pedro Risadinha, para variar, rindo.

O pai deixou escapulir uma risada.

Claro! O coroa moleque levou um tapa da leoa-mãe. Merecido.

# SE ELA ESTIVER AÍ DENTRO?

Do outro lado da escola.

Peçanha só parou de correr ao chegar à Diretoria. Nem deu atenção ao discurso de seu Arthur. Forçou a maçaneta. A porta não mexeu. Apalpou os bolsos.

– Dolores, as chaves estão na sua bolsa?

– Não!

– As minhas também sumiram da cinta! – Tião fechou a cara.

– Dá para acreditar! As chaves do meu carro sumiram também. – O Diretor forçou a maçaneta de novo.

Dolores soltou a pergunta com jeito de afirmação:

– Sofremos um furto coletivo? Tipo costuma acontecer no carnaval?

A incredulidade abriu um abismo na conversa.

– Chefe, na confusão da água azul, encontrei o Tião, aqui, dizendo ter ouvido um barulho na minha sala. – A secretária explicou.

– Eu tranquei a porta antes de sair para ajudá-la. Juro por essa luz.

– Se a Maria do Carmo estiver presa aí dentro? – Dolores levantou as sobrancelhas.

Depois de apalpar de novo os bolsos, Peçanha pigarreou. A louca já tinha tentado matar um aluno. Decerto, encurralada, estivesse disposta a fazer outra loucura homicida. Forçava a passagem? Aguardava a polícia?

Peçanha buscou respostas nos rostos dos funcionários. No fim, murmurou:

– Tião, você consegue arrombar?

– É moleza, chefe! – Mal terminou a frase, o velho recuou alguns passos e atropelou o obstáculo.

No interior da primeira sala, nem sinal da Maria do Carmo. Já na Diretoria, o cofre vazio.

Peçanha deu um murro na mesa.

# JUNTOS, PODEMOS MAIS!

A ajuda dos adultos fez o coração de Léo bater forte. Isidora agora só correria risco caso a Maria do Cão arrebentasse a coleira. Pela cara fechada exibida pelo Peçanha ao chegar, algo dessa magnitude havia acontecido.

Nisso, o Prefeito da cidade chegou, cheio de curiosidade.

Léo aproveitou da fama repentina para relatar ao visitante ilustre a aventura vivida para ajudar a colega incendiária. No fim, encaixou um pedido de ajuda solucionar o problema de saúde de Seu Alaor.

Visivelmente comovido, o político recuou para um canto da sala. Em pouco tempo, depois de falar ao celular, anunciou que arranjara um hospital na capital. Bastava enviar a papelada.

Isidora saltitava.

Com discrição, Peçanha apertou a ponta do nariz do pequeno herói:

— Espertinho, desse jeito você toma o meu cargo.

Daí, ele puxou a gola da camisa do Diretor:

— Fala sério, tio! A Maria do Cão dedurou a Isidora?

— Sim!

— Quando?

— Alguns dias após o episódio do algodão-doce. Você tinha razão, a sua ideia era muito melhor. Mas, eu já desconfiava da garota, por causa de um certo rabisco que encontrei numa das cadeiras de minha sala.

— Puxa! E o dinheiro dos votos?

— Primeiro me diga sobre o dinheiro dos livros.

— A bruxa levou, tenho quase certeza.

— Hum! Pois a grana do Concurso evaporou também!

— Daí, no fim, nós perdemos? A casa caiu? Acabou?

— Sim e não! — Peçanha sorriu sem mostrar os dentes.

Léo ficou sem entender o significado daquela resposta. Depois de tamanho esforço, conseguiu salvar Isidora e o pai dela. Faltava saber o destino do dinheiro dos livros. Coitado do Todo Poderoso, seguia sem biblioteca e corria o risco de perder o emprego... Devia ter pedido misericórdia ao prefeito. Passou batido.

Aquela história ainda estava longe do fim.

A preocupação do momento: onde estaria a Maria do Cão?

# A AMEBA GIGANTE

Na segunda-feira seguinte, no corredor da escola, Léo estacionava Sofia. Foi quando a professora Maria do Carmo, até então, desaparecida, surgiu do nada.

— Agora, moleque, vai me pagar caro por ter me acusado de botar fogo na biblioteca e de tentar matá-lo. Ficou louco?

— É a pura verdade. A senhora me trancou dentro da caixa d'água para morrer! — Recuou.

— Cretino! Mentiroso! Você caiu no tanque sozinho. Culpa do Peçanha que deixou o alçapão aberto. — A malvada decorou o rosto para a vingança.

A dor de garganta impedia Léo de gritar.

Já a bruxa caminhava ao seu encontro.

Sem saída, ele comprimia as costas contra o muro.

Maria do Carmo armava o bote final.

Léo prendeu o fôlego.

No último segundo, Bete saltou sobre a sargentona.

Os *Descoladianos* fizeram o mesmo.

— Pessoal! Aqui! Corre! Estão fazendo um montinho sobre a dona Maria do Carmo. Legal demais! — Notícia dada, Pedro Risadinha saltou também, às gargalhadas.

Em segundos, uma ameba gigante, formada por dezenas de alunos, tentava engolir a indigesta professora de matemática.

Léo observava a cena, sem reação, sem piscar...

Chegou mais gente.

A ameba cada vez mais alta...

Em dado momento, a megera o encarou a retorcer as linhas do rosto:

— Ninguém me impedirá de acabar com você e a Isidora!

A ameba parecia um João Bobo. Alunos despencavam. Os demais riam, o montinho parecia divertido.

A diaba apertava os olhos de tanto fazer força.

Daí, o protozoário começou a desmoronar...

Léo engoliu saliva. O seu estoque de ideias havia chegado ao fim. O muro atrás de si, alto demais, não dava para pular. As inúmeras bicicletas estacionadas nas laterais completavam a armadilha. Para fugir daquela encrenca só um milagre.

Encarou a bruxa e rosnou.

\*

O Diretor montava o novo plano de reconstrução da biblioteca. Queria transformar o resultado "sim e não" da gincana em um sim de vencedor...

Tião entrou sem bater.

– Homem! Assim você me mata de susto!

O funcionário recuperava o fôlego.

– Desembucha! Porque invadiu minha sala desse jeito?

– Encontrei! Encontrei! Só vendo para crer! Venha rápido!

Peçanha acompanhou o monitor. A caminhada acabou junto ao enorme tambor de lixo, na portaria:

– O dinheiro dos votos! – O Diretor mordeu a ponta do dedão. – Bem bolado. Quem procuraria pela grana do Concurso dentro dos limites da escola?

Dolores chegou ofegante:

– Chefe, venha depressa!

Ele virou:

– Não aguento outra surpresa!

Curiosa, a secretária deu uma olhada dentro da lixeira, respirou fundo, disparou as palavras:

– A 6ªA pegou a Maria do Carmo de jeito! Ouça a algazarra!

Peçanha apontou o dedo na direção do monitor, enquanto pensava num destino para os sacos de dinheiro. Porém, saiu a passos largos sem dizer nada...

\*

Léo descansou a nuca no muro com a chegada dos adultos.

– Alguém tira essas crianças de cima da Maria do Carmo! – Peçanha abriu os braços.

O Professor Rio tentou, fez força, fez cara feia. Sem sucesso.

Os alunos que ainda formavam uma ameba menor, deram as mãos.

— Pulem também! Tá divertido. — Mesmo todo espremido, Pedro Risadinha fez o convite lá do meio da criatura.

— Senhor Diretor! — Dudu gritou. — Queremos uma nova professora de matemática!

— Isso mesmo! — Amanda emendou.

— *Mejor*, outra! — Foi a vez de Alba.

— A Maria do Cão é grossa! — Fernando acrescentou.

— Maria do Cão é a vovozinha! — A bruxa berrou.

Gargalhadas.

Professor Riobaldo fez boca de riso.

Contaminado pela garotada, o Diretor riu também.

— Alguém tire uma foto! — Dos intestinos da ameba saiu a ideia.

Aparelhos celulares registraram a imagem.

Nisso, surge um certo aluno de argolas nas orelhas.

— Tigrão! Mostra para eles quem é a cachorra aqui! — A bruxa gritou.

O gorducho de cabelos amarelos mediu a plateia. Nas costas, trazia uma mochila enorme.

A sargentona voltou a fazer força. As veias do pescoço por explodir.

A ameba voltou a desmoronar...

Tião tinha os olhos fixos na montanha de alunos, decerto, à espera da ordem para resolver a questão.

Peçanha elevou os braços, pediu calma.

A ameba, agora menor, ainda resistia...

Bié apareceu no corredor, segurando a Isidora.

— Cretino, me solta! Socorro! — A menina lutava.

O rosto de Léo passou a arder em brasa. Cerrou os punhos, travou os dentes... O medo virou raiva.

Se o Tigrão ajudar a Maria do Carmo, partirei pra cima!

# UM DIA, A CASA CAI

Léo se preparava para a luta, quando o gigante seboso virou justo na direção dele:

— Brô, vou devolver a sua calculadora, pois não sei mexer nessa joça. Você me ensina matemática?

Só podia ser brincadeira.

Em seguida, o gorducho virou para o Diretor:

— O senhor me perdoa? Por favor, não me expulsa? Nunca quis furtar nada, muito menos ajudar essa professora maluca... Ela me prometeu boas notas... Não aguento mais um ano na sétima série. A ficha caiu quando ela trancou o garoto no tanque. Sinistro! Deus me livre! — Sacou um pacote plástico do bolso e jogou aos pés da Dolores.

— Fica tranquilo! Só não faça nenhuma bobagem. — Peçanha reconheceu dentro do saquinho transparente as chaves desaparecidas.

— Pô! Você vai trair a gente? — Bié protestou.

— Essa bruxa faria muito pior quando fosse Diretora. Acorda, cara!

— Não se atreva! — Maria do Cão vociferou.

Bié fugiu correndo.

— Imbecis! Estúpidos! — A megera bufava.

— Aí, brô? Você topa me ensinar matemática? — Tigrão devolveu a calculadora.

— E quanto à surra por ter que se levantar quando entra professor na sala?

— Boto no esquecimento! De boa?

— Beleza, desde que tope tomar banho todos os dias. Por que ninguém merece...

A risada foi geral.

— Aqui estão todas as coisas furtadas! — Tigrão derramou no piso o conteúdo da mochila. Uma nova espécie de protozoário surgiu para devorar um amontoado de canetas, lápis, apontadores, borrachas, papéis de bombons...

Léo sorriu ao ver gorducho exibir algo especial.

— A minha caneta!

Nesse instante, a polícia chegou, retirou os alunos de cima da Maria do Carmo. Daí, a surpresa.

— Garoto, você está apreendido! — Um dos policiais falou em alto.

— A bandida aqui é a professora de matemática! — Caloi protestou.

Léo, talvez, foi um dos primeiros a entender o caso. Calos Eloy foi preso por causa da mentira no episódio da Kombi. Eis o policial motociclista.

Maria do Carmo, já algemada, gritava:

— Eu deveria ser a Diretora desta escola! Esse pateta só planta canteiros de flores.

Diante da vaia, a megera berrou:

— Proibiria *jeans*, bonés, cadarços coloridos...

O volume da vaia aumentou.

— Isso aqui é tudo meu! — A bruxa entrava no carro da polícia — Eu voltarei!

Léo engoliu seco. Pelo jeito, aquela guerra não havia acabado...

Por fim, ganhou um abraço de Isidora.

# DESCULPAS

Na manhã seguinte:

— Putz! Já soltaram o mentiroso! — Léo cochichou ao ver Caloi surgir acompanhado de uma bela mulher.

A classe inteira fez cara de bolinho de chuva.

Era a mãe do cretino, Dona Telma.

As *barbies* mordiam os lábios.

As demais meninas soltavam sons indecifráveis.

— Caloi, ela não tinha cento e quarenta e oito quilos? — Mosca soltou a pergunta óbvia.

— Cadê as duas bursites? — Com as mãos em cone, Bete emendou.

Pronto, a fantástica mãe "rolha de cisterna" do mentiroso canalizava as atenções.

— Eu, gorda? Credo! Isso é mentira do Carlinhos. Ele morre de ciúmes de mim! — A mulher abriu um sorriso de propaganda de creme dental.

— Puxa! Até eu teria! — Dudu deu socos no ombro do Pedro Risadinha para ele parar de rir.

— Brô, a sua mãe é uma gata! — Fernando arrastou os fonemas finais da frase.

— Olha ele! Olha ele! — Caloi protestou.

— Muita calma nessa hora! — Riobaldo cantarolou cheio de ginga. A visitante indicou a lousa para o filho.

O mentiroso fez cara de quem iria tomar uma injeção, enquanto tomava lugar na frente da classe.

— Peço desculpas a todos pelas minhas lorotas. Mentir pode ser divertido até a casa a cair bem em cima da gente. Caraca! Fui parar no xilindró!

Todos bateram palmas.

Uma tosse ecoou no fundo da sala.

—Vocês não estão se esquecendo de nada? — Peçanha sussurrou, enquanto caminhava na direção da lousa.

Os alunos imediatamente ficaram de pé.

— Humm! Muito bem! — Piscou para Leonardo — Hoje é o dia das desculpas!

A turma se sentou e fez um silêncio cheio de cochichos...

– Uau! Uma voluntária. – Peçanha apontou Priscila, a única que permaneceu de pé.

– Em nome das *barbies*, peço perdão. Fomos arrogantes. Mesquinhas... O resultado do Concurso puxou nosso tapete, pois nenhuma de nós sequer foi classificada.

Isidora sorriu.

No clima de enterrar os rancores, Mosca elevou o braço:

– Gente! De boa! Devemos desculpas também aos Bundas de Ferro. Sem a organização deles, a nossa equipe mistureba jamais ganharia o primeiro lugar na gincana. De agora em diante, sugiro uma nova sacada para a sigla BDF: *Bando de Feras!* Vocês são demais!

Explodiu uma algazarra recheada de aplausos.

Peçanha sorria.

Rio escreveu o novo significado da sigla em letras garrafais.

Alba reiniciou outra sequência de falas:

– *Voy* aprender a *hablar* português!

– A partir de agora, socarei apenas o vento! – Dudu cruzou os dedos.

– Eu só voltarei a guiar quando tiver carta! – Bete vibrou.

– Outro voluntário? – O Diretor olhou em volta.

O silêncio persistiu até o famoso Caga Osso estender o braço.

Risos pipocaram, decerto, já adivinhavam a questão seguinte.

– Prometo, nunca mais soltar torpedos na classe!

A gargalhada foi geral.

– Nossos narizes agradecem, Joãozinho! – Professor Rio aproveitou o momento para fazer uma rima de *funk*. – Também peço anistia, pois sofro de pirofobia.

Carinhas de bolinho de chuva brotaram aqui, acolá.

Peçanha limpou a garganta:

– Preciso contar algo também!

A classe emudeceu para valer.

– Sempre quis ser Diretor, entretanto, havia um problema: o meu coração é muito mole. Então, criei a fama de malvado. Queria ser tão bravo quanto uma certa professora de matemática.

– Difícil! A Maria do Cão é a professora mais brava do mundo! – Fernando impôs a sua voz macia.

– Pois tentei ser igual a ela! – Peçanha sorriu. – No começo, foi divertido, aproveitei-me ainda da lenda da masmorra, entretanto, os palhaços da vida nos pregam peças... Daí, me dei conta da batalha do Léo para livrar Isidora da culpa do incêndio. Passei a admirá-lo. A partir de agora, farei de tudo para conquistar a simpatia de vocês.

Um aplauso demorado tomou conta da sala.

— O senhor não está se esquecendo de nada? — Caloi repetiu a cara safada de sempre, enquanto apontava o piso.

O Todo Poderoso coçou a cabeça antes de acrescentar:

— Em vez de uma masmorra, limpei o porão debaixo de minha sala para guardar em segurança a minha coleção de gibis doada para a biblioteca. Apenas as revistinhas repetidas arderam no incêndio. Foi uma bruta sorte.

Isidora suspirou.

Léo levantou a voz:

— Seu Peçanha, não era bem isso que a gente queria ouvir.

— Fala do palhaço! — Caloi foi preciso.

— Palhaço? — Clarice abriu as mãos.

A turma se entreolhava.

Professor Rio fez mímica de suspense.

Dona Telma fez pose de apresentadora de TV.

O Comandante Supremo respirou fundo algumas vezes, massageou a testa e confessou:

— Ok! Eu como algodão doce escondido na falsa masmorra!

A classe estalou os olhos.

Pedro Risadinha explodiu uma gargalhada.

A classe inteira o acompanhou.

A situação hilária fugiu ao controle.

Léo sorriu. Agora, entendia o cheiro de limpeza do porão-masmorra. Só faltava descobrir o que de fato aconteceu com o dinheiro do embrulho roxo...

Isidora ficou um tempão de olhos fechados enquanto ria de segurar a barriga.

No fim, até o Diretor caiu na gargalhada.

O riso aumentou quando Joãozinho saiu da sala, parou no meio do corredor, com certeza, para se aliviar.

★

Na semana seguinte, o pátio virou um canteiro de obras. Faltava espaço para voluntários e doações.

Isidora sumiu por vários dias, pois acompanhava o pai nos preparativos a internação na capital, arranjada pelo Prefeito.

# FICOU MALUCA?

Dias depois, Léo sorria ao relembrar os últimos acontecimentos. A escola ia bem. O terreno onde existiu a biblioteca era preparado para receber o novo prédio. A 6ªA virou uma beleza. O incêndio foi, sim, a maior sorte. Naquele fim tarde de sol, podia rever a matéria das aulas do dia, deitado, ouvindo música... A vida começava a voltar ao normal...

Porém, o mundinho perfeito durou até Vó Luísa chegar:

— Soube da novidade? A Maria do Carmo foi internada em um manicômio!

A pele do rosto esticou. Com certeza, exibiu cara de bolinho de chuva.

— Você ainda tem raiva dela?

— Raiva? Odeio-a! Deveria ficar na cadeia. Isso sim!

Um abismo engoliu a conversa.

— Você precisa perdoar esta mulher, filho.

Léo achou a sugestão no mínimo estranha.

— Vó, ela quis me matar! No tanque. Esqueceu?

— Olha, talvez ela não mereça compaixão. Todavia, o perdão nos tira um peso das costas.

Sorriu sem entusiasmo. Pensou um pouco. Lembrou-se do dia das desculpas na classe... A bem da verdade, após aquele episódio, a 6ªA virou uma maravilha. A Isidora ganhou um monte de amigas.

— Eu preciso falar com ela?

— Uma visitinha já estaria bom! — Ela sorriu.

— Visitinha?

— Sim! O manicômio fica na capital. É pertinho. Uma hora de ônibus.

— A senhora ficou maluca, né?

Outro momento de silêncio, durante o qual pensou melhor. A Maria do Cão só pode ser doida mesmo. Só assim teria coragem de colocar fogo numa biblioteca ou de tentar matar alguém. No fim, ficou curioso para revê-la.

★

## FICOU MALUCA?

Alguns dias depois.

Porém, quando chegou à portaria do manicômio, quis desistir da visita. O lugar era sinistro, pintura manchada, sombrio.

A avó não concordou:

— Na hora agá vai dar uma de "Mamãe, Tonico me bateu". Venha, vamos enfrentar a vida!

O lugar funcionava numa espécie de chácara, cheia de árvores. O prédio da administração destacava, tipo um adolescente varapau. Atrás dele, em dezenas de pequenas casas, moravam os internos.

Perto de uma dessas casinhas, encontraram Maria do Carmo, sentada atrás de uma mesa, de uniforme azul claro.

— Então, você é a aluna novata? — A cretina apertou os olhos na direção de vó Luísa.

Antes de qualquer resposta, a maluca continuou:

— Não me diga! — Ergueu as mãos. — Mandaram-na para cá porque é uma aluna insuportável. Já sei. Os pais de hoje não sabem impor limites aos filhos. Eis o resultado: crianças malcriadas, insolentes...

Vó Luísa gaguejou.

O fato só confirmava a impressão de Léo. A ideia da visita não foi boa.

— Daí, quando não conseguem tratar o caso, dizem: "O jeito é mandar para a Diretora Maria do Carmo!" Vejam meus alunos... Chegam imbecis, mas, dou um jeito. — Apontou os demais pacientes, também vestidos de azul.

Nisso, um interno passou, prestou continência, seguiu seu caminho.

— Estão vendo! Cultivo disciplina, ordem, postura, respeito. Nada melhor que uma cadeia de comando!

Léo prendeu a respiração.

A Diretora maluca não deixava a visitante falar.

— Só com disciplina rígida para dirigir a lata de lixo do sistema educacional!

— Vó, vamos embora! — Léo sussurrou antes de recuar meio passo.

— Não quero ouvir nenhum pio! Para falar, peça permissão! — A louca descansou o dedo na frente dos lábios. — Agora, você, pegue a caneta, preencha a ficha, pois não tenho o dia todo.

Vó sorriu sem graça.

A suposta Diretora gritou:

— É idiota? Analfabeta? Preencha logo o formulário!

Léo insistiu para darem o fora.

Nisso, outra interna, de cara amarrada, chegou e falou embolado para a "aluna novata": "Me dá cem real!"

A avó afastou o rosto.

— Me dá cem reaaal! — Agora, o grito foi a todo pulmão. Os cabelos despenteados da atrevida deixavam a coisa assustadora.

Léo encarou Maria do Carmo em busca de alguma atitude digna de quem comandava o lugar.

— É o dinheiro da matrícula! Não recebo essa escória de graça. A menos, fosse louca!

— Me dá cem real! — A eficiente secretária insistiu.

Maria do Cão rosnou para os visitantes.

Foi quando alguém tocou o ombro de Léo. Virou.

Uma enfermeira de sorriso meigo lhe entregou alguns recortes coloridos de papel, depois sussurrou:

— Dê a ela!

Ele obedeceu.

A secretária guardou as "cédulas" no bolso da blusa.

A enfermeira explicou que por causa do efeito colateral da forte medicação, Maria do Carmo costumava perder a noção da realidade.

— Pelo menos agora, pensa ser a Diretora de uma escola gigantesca! — Vó Luísa comentou.

— Pensa? Acredita piamente! — A enfermeira riu, enquanto distribuía comprimidos para as duas internas.

— Vó, a visita valeu a pena?

— Bom! Acho que ao seu modo, a Maria do Carmo aceitou o perdão.

— Será mesmo? Coisa estranha.

Iam embora, quando a Diretora maluca agarrou o braço de Léo.

— Ei! Me solta!

— Calma, garotinho! Eis o recibo da matrícula!

Colheu o pedaço de papel roxo, daqueles usados para embalar as maçãs caras do supermercado. A dedução lógica travou seus passos. Um formigamento estranho percorreu o corpo.

A bruxa abriu as garras, semicerrou as pálpebras, sorriu sinistramente.

Vó Luísa puxou o neto, visivelmente assustada.

Léo sussurrou para si:

— Ela roubou o dinheiro do Peçanha! Foi ela!

Olhou para trás, então teve quase certeza de conseguir ler a ameaça nos lábios da bruxa:

"Eu voltarei, cre-ti-no ordinário!"

## SOMOS AMIGOS

À portaria do hospital, encontrou Isidora sorridente. Ela contou sobre o sucesso da cirurgia do pai. As frases saiam emboladas, sem pontuação...

— Calma!

— Não entende? Agora posso ser feliz! Viver é muito bom. Obrigada por tudo! — Ela, aos pulos, lhe deu um abraço apertado.

Léo sorriu.

— Ei, conheço essa carinha sapeca, tá me escondendo alguma coisa! É uma surpresa? — Os olhos da menina brilhavam.

Exibiu uma bolinha de papel roxo amarrotado entre os dedos, antes de jogá-la para o alto.

— Porco! Não reparou o esmero do gramado. — Ela o puxou. — Agora, venha comigo para além do jardim, pois a 6ªA inteira está aqui.

Léo cumprimentou os amigos tocando os punhos, os cotovelos, ora com apertos de mão. No fim, abraçou Caloi:

— Puxa! Não faltou ninguém!

— Até o Peçanha apareceu!

— Mentiroso!

— Verdade, brô! Desde a voltinha de camburão, não conto lorotas. Tá louco?

— Cadê, Caloi? Só acredito, vendo!

— O comedor de algodão doce tá passeando pelo jardim. Esqueceu que tiozão não pode ver um canteiro de flores.

Léo riu.

A Professora Silvia, monitora da excursão, acenou.

Já o professor Rio, exibiu um violão:

— Leonardo, vamos cantar?

Surgiu um roda animada. Do instrumento, escapou os acordes de uma canção bem conhecida. Na hora do refrão, todos fizeram um coro bonito.

Isidora marcou o compasso com palmas.

O penetra Tigrão dançava os mesmos passinhos de antes, que, agora, eram apenas engraçados.

Espiou em volta: as meninas falantes, os meninos "varrendo o piso" com a barra do *jeans* ou jogando os ombros... Pensou:

"Caramba! O incêndio descolou a turma inteira. Uau!"

A pedido da Professora Silvia, todos se juntaram. Vó Luísa tirou uma foto caprichada.

De repente:

— Gente, corre! Tem uma bomba aqui!

A princípio, houve um silêncio. Depois um rebuliço. No meio do qual, Léo puxou Isidora para um lado; ela o puxou para o outro... Empurra-empurra. Pedro Risadinha não conseguiu rir da situação. Joãozinho protegeu os ouvidos. Alguns conseguiram correr para longe.

Daí, um estouro abafado, que lembrou o do incêndio na biblioteca, cobriu os retardatários de papel picado.

Num canto, Dudu segurava um canhão de confete.

As explosões seguintes foram de gargalhadas.

A professora aproveitou a oportunidade para tirar outra foto especial: onde a vice-campeã do concurso de miss estudantil abraçava o seu herói. Pena que o espetáculo das dezenas de borboletas imaginárias batendo asas em volta dos dois pombinhos não apareceu na fotografia...

Nisso, a tal bolinha de papel roxo, do nada, caiu no colo de Leonardo. Elevou a vista.

De pé, um pouco adiante, Peçanha rosnava:

"Cadê o meu dinheiro, rapazinho?"

A boca abriu sozinha, enquanto as mãos arrastavam nas laterais do rosto.

Putz!

# NOTAS FINAIS

Em junho, houve uma bonita feira de gibis na escola.
Seu Alaor recobrou a saúde totalmente.
Bié foi expulso, parou de estudar. Em função das más companhias, teve problemas até com a polícia.
Peçanha virou um Diretor muito querido pelos alunos.
As vendas do palhaço do algodão doce aumentaram.
Os alunos da 6ªA ficaram famosos. Outras escolas quiseram conhecer o "Juntos, podemos mais!".
Daniela, prima de Léo, voltou a andar.
Tião ganhou óculos, sino, dentadura nova.
A malvada Maria do Carmo continuou no hospício.
Ângela e a mãe de Isidora ficaram amigas.
Graças às aulas de Léo e de Alba, Tigrão foi para a 8ª. Efeito colateral: Alba aprendeu um monte de gírias em português. O garoto cascão, agora, tomava banho todos os dias.
Léo e Isidora nunca assumiram um namoro, decerto por causa da pouca idade. Contudo, foram vistos algumas vezes trocando selinhos ou gesticulando corações um para o outro.
A nova biblioteca foi inaugurada em outubro. Linda. Lembrava uma enorme caixa de vidros espelhados.
Em dezembro, Léo e Ângela mudaram para a capital. Seu Arthur foi para o estrangeiro a trabalho.
Fim dos torpedos. Caga Osso foi ao médico. Agora, cantava *funk* usando só a boca. Sonha ser um MC.
No espírito do "Juntos, podemos mais!", a 6ªA ajudou Léo a repor o dinheiro perdido do Peçanha. Venderam centenas de litros de laranjada no recreio. Enfim, ficara livre da assombração do embrulho de papel roxo...
A turma selou o pacto de se reencontrar de dez em dez anos, na porta da inesquecível escola municipal, sempre no dia seis de março, a data do incêndio que mudou a vida de todos, para festejar a amizade. Quem tem um amigo, tem um tesouro...

# Demais livros do autor:

A Minha Turma é Demais          A Minha Turma é Show

www.arnaldodevianna.com.br

**AbajouR BOOKS**

www.abajourbooks.com.br